Vittorio

Mi Yo Interior

Livia Perez

Printed in Victoria, BC, Canada.

ISBN: 978-1-4269-0065-5 (sc)

We at Trafford believe that it is the responsibility of us all, as both individuals and corporations, to make choices that are environmentally and socially sound. You, in turn, are supporting this responsible conduct each time you purchase a Trafford book, or make use of our publishing services. To find out how you are helping, please visit www.trafford.com/responsiblepublishing.html

Our mission is to efficiently provide the world's finest, most comprehensive book publishing service, enabling every author to experience success. To find out how to publish your book, your way, and have it available worldwide, visit us online at www.trafford.com

Trafford rev. 7/23wo/2009

Trafford PUBLISHING® www.trafford.com

North America & international
toll-free: 1 888 232 4444 (USA & Canada)
phone: 250 383 6864 ♦ fax: 250 383 6804 ♦ email: info@trafford.com

The United Kingdom & Europe
phone: +44 (0)1865 487 395 ♦ local rate: 0845 230 9601
facsimile: +44 (0)1865 481 507 ♦ email: info.uk@trafford.com

10 9 8 7 6 5 4 3 2 1

Agradecimientos

Quiero agradecerle a mi esposo Williams por el apoyo que siempre me ha brindado en la búsqueda de mis sueños y por ser un hermosísimo ser humano. A mis padres, por los principios que me inculcaron desde niña. A Nancy Patino de Trafford Publishing por su gentil y constante atención. A mi asesor editorial, Steve Furr. A Selmira Rassi-Carvajal. A José Luis Vega por haber tocado mi alma con el diseño de la portada. A mi mejor amiga, Ana Hernández. Quiero agradecer a todos aquellos que de alguna manera colaboraron en la confección y publicación de este libro.

Prefacio

Un día comenzó a florecer en mi corazón un deseo, quería amar sinceramente a la humanidad, amar a aquellos que ni siquiera conocía. Cuando conversaba con Dios en las noches no lograba una sincera petición de amor y protección por los habitantes de este planeta, pedía con la boca, como por compromiso, no con el corazón como pedía por mí y por mi familia. El primer paso fue el más importante, "desear" sentir ese amor incondicional. La respuesta no tardó mucho tiempo, había escuchado sobre la película italiana "LA VIDA ES BELLA" y al leer un libro que la recomendaba salí a comprarla. En este filme encontré la respuesta a mi súplica, lloré durante la proyección y mucho rato después de haber finalizado. Al día siguiente cuando salí a la calle miraba a todas las personas con amor, todas me parecían una bendición con piernas y brazos. Ese día experimenté una de las sensaciones más hermosas de mi vida.

Aún me falta mucho por aprender; aunque voy diseñando mis propias estrategias, cuando mi actitud se torna un poco ruda ante los demás una vocecita en mi interior me dice: acuérdate de "LA VIDA ES BELLA" y enseguida entrego una sonrisa o la braveza se evapora más rápido que antes. Cuando encontramos un método y lo respetamos, poco a poco vamos subiendo un peldaño hacia la bondad y la belleza de la vida en sentido general. Comenzamos a tener conciencia de cada ser que respira, incluyendo plantas y animales, todo se torna más hermoso.

Lo más importante para el crecimiento humano es precisamente "querer" crecer, no importa las veces que te equivoques en el proceso, las equivocaciones también son válidas porque educan, son perfectas porque sin ellas la palabra experiencia no tuviera tanto peso en el camino de la vida. No importa que avances y después retrocedas un poco, lo principal es persistir hasta que logres dar más pasos hacia delante que hacia atrás con vista a moldear tus hábitos y cambiarlos por los nuevos que te brindan felicidad y abundancia. Cuando hayas saboreado los beneficios no te permitirás caminar en retroceso. No obstante, si sucede, no te culpes, siempre tendrás la oportunidad de comenzar nuevamente.

Soy un aprendiz, no una experta en el tema; pero en los años que llevo leyendo y estudiando sobre la sabiduría interior, he conseguido avanzar y comprender que la mejor forma de vivir está en lograr la paz interior, en hacer lo que te gusta y esto implica perseguir tus sueños "porque te gustan". En ese camino serás feliz buscando lo que amas.

Hay dos cosas que considero fundamental en la superación humana, una es perseguir tus sueños, acompañado por la fe y la paz interior y la segunda es amar a tu niño o niña interior, ese ser que habita en nosotros por toda la vida aunque seamos ancianos, ella o él, es fuente de creación e inspiración y en el camino de la vida se necesita mucho de ambas.

"VITTORIO MI YO INTERIOR", es una historia basada en estos principios, aliados al poder que tiene la mente para lograr que se cristalice lo que decidas visualizar.

Todo lo que deseas es posible.

Adelante.

La Autora

La casualidad no existe, existe la "causalidad".

Tus pensamientos generan efectos correspondientes en tus sentimientos, tus sentimientos generan efectos correspondientes en tus emociones y tus emociones determinan tu forma de vida.

Impregna en tus pensamientos la imagen con que quieras vestir tu vida.

1

El sol estaba en medio del cielo cuando ella salió a estudiar. Su luz la cubría, iba cargada de libros mientras adentraba el camino hacia los árboles del parque. Adoraba esta hora en que el astro rey brillaba con mayor intensidad y fortaleza. Prefería un ambiente natural para repasar sus lecciones del día y la ciudad estaba llena de edificios, construcciones y vehículos. Había crecido entre caballos, árboles y ríos frescos, y la poca colaboración que cemento y metal habían aportado dentro de aquellos acres de tierra donde estudiaba, era un camino que los atravesaba de un lado a otro y unos cuantos banquillos para que los visitantes descansaran las piernas, el resto era todo naturaleza viva. Era realmente hermoso, los árboles estiraban sus ramas al amanecer y parecían crecer un poco cada día, la luz de la mañana los iluminaba y ellos aparentaban recordarle a la ciudad que allí había una pequeña fuente de oxígeno. La alfombra verde que tapizaba el suelo, invitaba a dormir sobre ella en las tardes cuando el sol estaba entrando en su cama para el descanso vespertino. En determinada época del año el verdor combinaba su predominante color con tonos de naranja y amarillo y la sensación era de estar inmerso en una pintura acabada de aplicar en un lienzo, mientras el señor viento se ocupaba de secarlo y bambolearlo.

- ¡Niña, cuidado!, la advertencia replicó como una diana con voz de barítono que estremeció el tímpano de su oído derecho, dejándolo sordo por el significado de las palabras, no por el volumen de la voz.

Ella giró su cabeza rápidamente.

- Casi tropiezas con la raíz de ese enorme árbol por estar mirando a los niños jugar.

- Gracias, señor, respondió la muchacha secamente, aunque agradecida por el aviso.

- No tienes que darme las gracias, niña.

Giró nuevamente la cabeza en dirección a la ya conocida voz y respondió en tono muy fuerte, como si la naturaleza del sonido masculino se hubiera apoderado de sus cuerdas vocales.

- No soy una niña, tengo veinte años, estudio en la Universidad y eso entraña una gran responsabilidad y madurez.

- Sí eres una niña.

Casi no podía contener su rabia. Se acercó un poco al desconocido que le evitó unos cuantos días de dolor muscular con moretones en piernas y brazos. No pensó tanto en el ojo avizor favorable del anciano; sino en la ofensa que le causaba el comentario, haciéndola sentir como un reo amarrado en el banquillo de los acusados y sin poder darle un martillazo en la boca al juez que la miraba con ojos de trompeta chillona.

- Niños son aquellos que juegan. ¿No ve mi tamaño y mi cara? Ellos juegan con pelotas y bicicletas, mientras yo me las arreglo con un libro de casi mil páginas para ser profesional y eso implica haber dejado de ser niña.

- ¿Y tú no juegas?, le preguntó el anciano. ¿Tu tamaño y tu cara?, prosiguió sonriendo sarcásticamente y acelerando la rabia de la joven.

- Señor, perdóneme, pero debo marcharme. No tengo tiempo para conversaciones sin sentido, además no lo conozco. Es usted verdaderamente entrometido y tiene muy poco tacto.

Se marchó sin dejar un segundo de respiración para la posible respuesta de aquel viejuco, como le llamó en voz baja mientras

2

daba el primer paso para alejarse del lugar del incidente. Se sentó en el banco acostumbrado y abrió un libro de casi mil páginas. Cada mediodía cuando salía de la facultad paseaba por este parque, donde aquellos árboles frondosos y pintorescos hacían volar su imaginación por un rato para luego revisar la clase del día.

Era lunes y salió más temprano que lo acostumbrado durante cada semana. El parque tenía algo en particular que iba más allá del placer que sus sentidos experimentaban. A pesar de la sonrisa agitada de los niños mientras se divertían montando bicicleta y agitando pelotas, del paseo de los turistas y de la conversación de las parejas, se podía concentrar en su lectura y aprender sin distracción el contenido del texto. Quizás el parque era tan grande que cada sonido se lo llevaba el viento para que cada cual tuviera la paz y el silencio necesario para su tarea. La única tarde en que leía sin leer fue aquella. Se dijo que gracias al maldito viejo no podía concentrar su atención en lo que quería. Ojeaba el libro desde el inicio hasta el final y viceversa. Juró que si al siguiente día ese hombre estaba allí se mudaría de sitio por mucho que adorara el paisaje luminoso. La biblioteca de la Universidad será mi refugio, se dijo.

No miró más para el banco del viejo después de pensar que le había arruinado la tarde llamándole niña, no le gustaba, era como si la combinación de estas letras le amargara la madurez. Cuando se fue a casa ya él no estaba en el banco; pero sentía la impresión de que continuaba allí, era una sensación muy extraña, como si se hubiera vuelto invisible y la estuviera mirando. Decidió dar la vuelta para no pasar por delante del sitio.

Odiaba que la trataran como una niña, estaba cansada de que pensaran así sobre ella, ya que era lo suficientemente responsable y dedicada a sus estudios, además siempre estaba pendiente de las necesidades de su familia, a pesar de estar lejos de ella hasta que terminara la Universidad. Tenía cara de niña; pero ya no lo era.

Sus padres habían decidido que fuera a una de las mejores Universidades del país y pasaron mucho tiempo trabajando y guardando gran parte del fruto de su trabajo para que su pequeña pudiera lidiar con los gastos de una buena formación académica y la estancia que requería la misma lejos de casa. Creció siendo la única presencia infantil entre dos adultos y ellos parecían sentir que su hija no había crecido a pesar de comprender el avance del calendario, no sólo sobre ellos, sino también sobre su pequeñuela. La extrañaban y en sus cartas aconsejaban y besaban a la "niña" con mimos y cariños de cuna. Pero fuera de estos personajes nadie más la podía tratar como si llevara en una de sus manos una cobija de pocos centímetros cuadrados y el tradicional osito que acunan casi todos los pequeños durante la infancia y que luego tiran en algún rincón del garaje o en un baúl de recuerdos.

2

¡Qué bueno!, el maldito viejo no está, se dijo al día siguiente cuando al mediodía regresó a su habitual biblioteca natural, no sé de dónde salió porque nunca lo había visto por estos alrededores. Esa tarde se concentró mejor y pudo adelantar en sus materias.

Cuando se marchó miró al banco y mantenía la misma sensación del día anterior, era como si estuviera allí el insistente anciano. Se preguntó de pronto y sin darse tiempo a elaborar la pregunta completa, si lo que había visto ayer era un fantasma, parecía tan seguro de sí mismo, su rostro estaba lleno de paz y tranquilidad infinita. Estás loca, se dijo.

3

Al día siguiente como de costumbre, caminó bajo la intensa luz hasta el parque y para mayor sorpresa allí estaba el viejo. Respiró profundo, se llenó de valor y caminó hacia él con la intensión de iniciar un desafío, tenía la impresión de que la había visto; pero el anciano fingía y miraba para los árboles.

- Buenas tardes, señor.

- Hola niña. ¿Cómo estás?

Respiró profundo nuevamente, apretó los dientes y expulsó el aire por la nariz para no apartar de su boca la presión que hacía. Para mantener el respeto por el anciano prefirió pensar que la edad le estaba provocando fallos mentales.

- Quiero saber por qué disfruta diciéndome niña.

- ¿Cuáles son tus pasatiempos favoritos?

- Señor, creo que ésa no es la respuesta que corresponde.

- ¿También pretendes dominar a tu conveniencia mi respuesta, muchacha? Deja que escoja mi manera de responder. ¿Por qué te molesta que te llamen niña? Creo que equivocas el concepto de madurez y responsabilidad. ¿Qué ocultas con tu reacción? ¿Qué pasión misteriosa tienes presa que te frustra de esa manera?

Se quedó un instante pensativa y luego se sentó junto al viejo, relajó el rostro, sacó su encanto a la luz y después de una pausa contestó.

- Mis pasatiempos favoritos son escribir, tirar fotos y acomodarlas en un álbum con adornos y recuerdos del lugar que aparece en las mismas, como especie de un álbum histórico. También me gusta la música, la amo y sueño con ella. Escucho melodías que me soplan al oído como voces mágicas.

- Ves, todas tus diversiones requieren de creatividad. ¿Y cómo podría existir la creatividad si no lleváramos un niño dentro?

La niña grande no respondió. A los pocos segundos agregó el viejo.

- Uno de los errores más grandes que cometen los adultos es que olvidan a la criatura pequeña que vive en el interior de su ser día a día, que sin ella no podríamos sonreír, saltar cuando nos alegramos por algo y hasta volvernos locos por un helado de chocolate a pesar de saber que nos hace engordar. Quién crees que compone las bellas melodías que te gusta escuchar, quién crees que escribe los libros para niños, quién crees que tiene el gusto de combinar los colores; sino el niño interior. Por esa razón te dije niña, no por tu físico mucho más joven que el mío, ni porque aparentes ser irresponsable. Nuestro niño interior nos acompañará para siempre y sin él seríamos seres aburridos, escasos de humor e iniciativa. Es importante que sepamos cuidarlo y atenderlo, nuestra relación con él es maravillosa y enriquecedora.

Al escuchar aquellas palabras la vergüenza afloró a su rostro después de toda la rabia que había descargado sobre este hombre, lo había juzgado sin darle la oportunidad de expresar las razones por las que insistentemente le había llamado niña. Comenzó a verlo diferente, ya no le parecía un viejo fastidioso y demente. Realmente no entendía muy bien lo que explicaba el desconocido; pero era tan tierno y curioso lo que decía que prefirió continuar escuchándolo.

- ¿Qué estudias?, le preguntó el viejo con la gran facilidad que tenía para cambiar los temas de conversación.

- ¿Cuál es su nombre?, le respondió la chica que había aprendido rápidamente de él y quería saber más sobre la historia del niño interior.

- Vittorio o "Viejuco". ¿Qué estudias?

- Discúlpeme, le dijo bajando la cabeza y notando que evidentemente el anciano la había escuchado.

- No me importa que me llames "Viejuco".

- ¿Es usted italiano?

- ¿Cuál es tu nombre?

- Si el suyo es Vittorio, el mío es Bianca.

- Blanca, lindo nombre.

- No es Blanca, sino Bianca.

- Tu libreta dice Blanca.

Miró su cuaderno y discretamente tapó el nombre con su mano.

- Estudio medicina.

- ¿Te gusta?

- Por supuesto, es la forma más bonita y práctica de ayudar a la humanidad, salvar y aumentar la calidad de vida de las personas es primordial, creo que es la profesión más importante del mundo.

- Tienes razón, no obstante, creo que la mejor forma de ayudar a la humanidad es regalándole lo que a tu corazón le gusta verdaderamente. Aquello que te inspire día a día y te haga levantar cada mañana pensando que llevas el sol en tus manos para calentar las almas que están frías.

Una vez más sus palabras le hicieron reflexionar.

- ¿Reflexionas en algo?, preguntó el hombre.

- ¿Usted puede leer la mente de las personas?

- Quizás

- Siempre me gustó la música, desde pequeña, sobre todo el canto y el violín; pero en aquel momento mis padres trabajaban mucho y no quedaba tiempo para llevarme a las clases de música que eran fuera de la escuela; además no ganaban lo suficiente para comprarme un piano y un violín, lo único que podía hacer era cantar, el instrumento que necesitaba en este caso ya lo tenía incorporado, mis cuerdas vocales.

Se cayó por un instante y lo miraba preparada para escuchar su próxima charla.

- Pues bien, si ése es tu sueño te compro tus libros de medicina para que este dinero te ayude a reunir lo suficiente para un piano y un violín y puedas comenzar a estudiar música.

- ¡Ahora sí que se volvió loco!, le dijo en voz alta y se paró del banquillo, estoy en segundo año de medicina y obtengo excelentes resultados en mis exámenes y usted porque le es fácil hablar, me dice que deje mi carrera y me inicie en lecciones de música. ¿Sabía que estoy muy vieja para eso? ¿Sabía que la música es una profesión que se debe comenzar desde pequeña? Además mis dedos no son tan largos para tocar violín.

- Somos tan viejos como el alma que llevamos dentro, si consideras que tu alma y tu espíritu son viejos, así vivirás, como una anciana frustrada que quiere subir los peldaños; pero piensa que su artritis no la deja. ¿Sabías que nos ponemos nuestros propios obstáculos? ¿Quién te dijo que tus dedos son cortos? Si así fuera no importa, te los estiras y ya.

- Mire señor, hagamos algo, escriba un libro con sus consejos, yo lo leo cuando lo publique y le envío mis conclusiones si desea por correo.

- Mira niña, hagamos algo, yo te compro un piano y un violín. Si comienzas tus lecciones de música aunque sea tres veces por semana, sin abandonar tus estudios de medicina, te quedas con tus libros y me devuelves, cuando hayas aprendido, el piano y el violín.

- ¿Quién le ha dicho a usted que quiero estudiar música ahora? Eso hubiera querido de niña.

- Tus justificaciones me lo han dicho, y no seas mentirosa y orgullosa, con esa actitud no llegarás a ningún lado. Si sigues así en tu interior cultivarás un árbol de rabia hasta que crezca tanto que reviente porque no cabe en tu cuerpo y entonces enfermarás, saca todo lo que contamine tu mente y tu organismo y si quieres hacer algo que no pudiste antes, por la razón que sea y ahora deseas hacerlo, adelante, qué esa es tu misión. Saca de tu vocabulario las palabras "no puedo".

- ¿De qué justificaciones habla? ¿A qué rabia se refiere?

- Pregúntale a tu conciencia y a tu corazón. No seas tan terca. Mañana regreso aquí en la tarde para saber tu respuesta.

- ¿Usted no trabaja?

- Sí. Te espero mañana.

- ¡No lo conozco!

- ¡No importa!

- Sí importa. Usted no me puede obligar a entregarle una respuesta como si fuera mi padre.

- No te estoy obligando. Además, tú dices que tienes veinte años. Con esos números en tu pellejo ya los padres no obligan. ¿No será que ante ellos te sientes como una niña a la que le dicen lo que tiene que hacer?

El viejo se fue sin decir una palabra más y la dejó allí sentada. La muchacha se preguntaba quién era este hombre que había cautivado su atención. A pesar de ser un desconocido le inspiraba confianza, no le temía, quizás al estar en un lugar público se sentía protegida. Cuando el hombre se alejó ella miró alrededor y se estiró uno de sus dedos. ¡Un árbol de rabia dentro de mí! Extraño viejo impertinente; pero es interesante y curioso, se dijo.

Después de estar un rato en silencio abrió sus libros y comenzó a estudiar, realmente su cuaderno de ensayos decía Blanca en la portada, ella misma lo había escrito y se atrevió a dar un nombre parecido pero erróneo por molestar a su nuevo amigo, sin darse cuenta que la mentira sería descubierta antes de decirla.

Pudo estudiar tranquila y más tarde durante el camino a casa meditó en la propuesta del anciano. Siempre que escuchaba música imaginaba que su voz era protagonista de un hermoso concierto en Roma. Adoraba a Italia. El señor se llama Vittorio, ¿será una señal?, se preguntaba. Verdaderamente su cuerpo temblaba y sus pensamientos volaban cuando se imaginaba cantando para el mundo y dominando las cuerdas de un violín; pero cómo abandonar su carrera de medicina para dedicarse a algo que no sabía si resultaría. Bueno, no está mal la opción de tomar algunas clases en la semana, pensó, y ver cómo me va. Mañana debo darle una respuesta.

Ese día no tenía que trabajar. El autobús que tomaba para su casa se desvió porque estaban arreglando el camino de rutina. Ahora había más paradas en el nuevo recorrido; así tenía más tiempo para soñar. A mediados del trayecto el autobús se detuvo y a su lado vio una tienda de instrumentos musicales. La sorpresa le hizo mirar por la ventanilla hasta que sus ojos perdieron el local. Por impulso corrió hacia el chofer y le pidió que se detuviera porque necesitaba bajarse; así lo hizo y una vez en la acera caminó unas cuadras apresuradamente, ya era bien tarde y podían cerrar el lugar. Cuando entró en la tienda la recibió una señora con una sonrisa.

- Bienvenida señorita. ¿Está buscando algo en particular?
- Quisiera ver los violines.
- ¿Tengo maravillas para una bella niña como tú?

La señora le dijo niña, pero esta vez no se molestó y curiosamente sonrió.

- Este es excelente. ¿Quieres probarlo?
- ¡Oh no, gracias!, debo regresar con mis padres, solo quiero mirar alguno que me guste para cuando vuelva indicarles cuál deseo escoger.
- Pues siempre serás bienvenida. Te deseo mucho éxito y espero algún día ver tu nombre en el anuncio de un concierto.
- Gracias señora, es usted muy amable.
- ¿Cómo te llamas?
- Bianca, perdón, Blanca.
- Es un color muy espiritual.
- Gracias ¿Cuál es su nombre, señora?
- Francis.
- Entonces, buenas tardes, Francis.

Cuando salió de la tienda pensó que estaba en medio de un sueño. Tenía señales por todos lados, el desvío del autobús, la tienda de instrumentos de música. Su nuevo amigo le había hecho despertar una pasión guardada en las profundidades de su conciencia y su corazón, quería salir corriendo hacia su sueño sin medir consecuencias. Bueno, qué sabe el corazón de esas cosas, a él solo le interesa el placer, la ilusión y cree en todo, se dijo. Se fue a la casa pensando qué hacer con su vida, qué decisión tomar y al mismo tiempo se preguntaba por qué razón tuvo que aparecer este extraño hombre en su camino y provocar que se sintiera tan confundida. Ya había olvidado convertirse en cantante y violinista, solo era parte de un sueño que recreaba en su mente y no pensaba darle vida.

4

El parque parecía haberse convertido no sólo en el cálido entorno para el estudio diario de Blanca, sino también en el punto de encuentro con su nuevo amigo.

- ¡Blanca!, le llamó el anciano mientras ella leía.

- ¡Qué susto! Pensé que no vendría.

- Estuve trabajando en un largo proyecto y me tomó un poco más de tiempo.

- ¿En qué trabaja?

- Soy abogado.

- ¡Abogado!

- Sí, te invitó a un café.

- No me va a preguntar si tomé alguna decisión.

- ¿Cómo terminaste de pasar la tarde de ayer?

- Me sucedieron cosas extrañas. Además de su nombre y aparición, el autobús se desvió y en una de sus paradas quedó a mi lado una tienda de instrumentos musicales.

- ¿Te bajaste o continuaste el viaje?

- Me bajé y fui hasta la tienda. Me atendió una señora con un raro acento.

- ¿Qué viste?

- Violines, pianos, saxofones, flautas, clarinetes. La señora pensó que yo era intérprete y me invitó a probar un violín. Imagínese, cómo iba a probarlo si ni siquiera sé solfeo

- ¿Qué le dijiste?

- Que iría otro día con mis padres, que sólo miraba alguno que me gustara para después decirles. ¡Qué casualidad todo esto! ¿Verdad?

- La casualidad no existe.

Ya habían avanzado un poco por el parque para cruzar la calle hasta el café de la esquina y la afirmación del viejo la detuvo.

- ¿Puede repetir lo que dijo?

- La casualidad no existe.

- Bueno, sí, todo esto es como si fueran señales. Cuando mi madre tiene dudas en la toma de alguna decisión le pide a Dios que le envíe una señal.

- Existe la causalidad. Causa y efecto. El hecho de que tú y yo estemos ahora conversando y nos hayamos conocido, es el efecto causado por algo y estas circunstancias a su vez provocarán otros efectos. El Universo siempre responderá acorde a tus necesidades y deseos si tienes fe en lo que quieres. Si deseas ser cantante y violinista y piensas que eres cantante y violinista, lo serás. Si piensas y te sientes como una fracasada, así será tu vida y habrás muerto desde que tu alma haya comenzado a sentirse de esta manera; aunque no te entierren hasta los cien años. Si tus pensamientos son pobres, pobre será tu futuro. De lo contrario, si tus pensamientos son abundantes y saludables, abundante y saludable será tu futuro. Recuerda, todo lo que quepa en tu imaginación es posible, sólo necesitas creer y hacer paso a paso lo que te lleve a alcanzar tu meta. El escalón más pequeño y el que menos imaginas como útil, va a contribuir a que logres subir la escalera.

- ¿Usted está seguro de que es abogado? Nunca antes había escuchado estas palabras. Creo que poco a poco tendrá que explicarme. Parece usted psicólogo o consejero espiritual.

- ¿Qué decisión tomaste?

- Es que no sé cómo repartir mi tiempo, debo estudiar y

trabajar para cubrir mis gastos.

- Yo te puedo prestar lo mismo que recibes para cubrir tus gastos y lo suficiente para pagar tus clases de música.

- Señor Vittorio, no sé quien es usted y aunque así fuera no me interesa aprovecharme de su generosidad.

- Te estoy prestando el dinero, no te lo estoy regalando. Sé que tardarás en devolvérmelo; pero no importa. Te recomendaré una profesora de música que conozco, ella te ayudará. La próxima semana te traigo su dirección y teléfono, la llamaré antes para informarle sobre ti. No obstante puedes ir buscando en el periódico, a veces exponen anuncios sobre maestros que imparten clases de música.

- Gracias; pero aún estoy confundida, no quiero engañarlo. Además si usted no sabe quién soy yo cómo va a confiar y prestarme su dinero, soy una extraña para usted.

- La obra más bonita es precisamente ayudar a un extraño. ¿Has ayudado alguna vez a una anciana que no sabes ni su nombre, con un pesado paquete? ¿Has cruzado la calle para decirle al nuevo vecino que puede contar contigo y sin embargo no lo conoces?

- Sí, muchas veces; pero no es lo mismo, estamos hablando de dinero.

- Míralo como una ayuda incondicional que quiero darle a una muchacha desconocida para que logre sus sueños, lo que provocará al mismo tiempo que yo me sienta satisfecho con esta acción.

- Gracias señor Vittorio, no obstante le confieso que tengo dudas respecto a mi futuro, deseo más tiempo para pensar al respecto.

- Sé que no estás completamente convencida, lo más importante es que te has dado la oportunidad de tener en cuenta dos opciones, continuar como estudiante de medicina o convertirte en una intérprete de la música. Es importante que antes de decidir te preguntes cuál de las dos profesiones te hace más feliz, la respuesta te ayudará.

Mantuvieron su conversación hasta la cafetería. Cuando llegaron al lugar estaba lleno de personas y en unos instantes se acomodaron en una apartada mesa junto a una larga y flacucha ventanilla de cristal.

- Buenas tardes. ¿Cómo puedo servir?, preguntó el camarero un poco agitado por el tumulto de aquella tarde y distraído por la belleza de Blanca a pesar de su intento por ser discreto.

- Un chocolate caliente y un pastel de bananas, también un café y un vaso de leche, dijo Blanca haciendo el pedido de los dos, habiéndole preguntado antes a su amigo qué deseaba escoger del menú.

Miró el viejo a la muchacha y ella sonrió, se acordó de su segunda conversación con Vittorio... "a nuestro niño interior le gusta el chocolate y no le importa si engorda".

En la cafetería se podía oler el exquisito aroma de los granos de café. El anciano no probó ni la leche ni el café, Blanca no se atrevió a preguntar por qué, él hablaba todo el tiempo y a ella le fascinaba su conversación.

- ¿Entonces estaré tres días sin verlo?

- Hace varios días trabajo en un proyecto que no ha sido breve.

- ¿Qué hace en su trabajo como abogado?

- Ayudo a las personas a crear su propia empresa, atiendo todo lo concerniente a la legalización de la misma para que su éxito no encuentre obstáculos jurídicos que impidan su desarrollo.

- Importante e interesante labor. Me imagino que las personas sientan confianza y tranquilidad con su trabajo.

- Me gusta ayudar de esta manera, como ya te expliqué, ayudamos a la humanidad cuando a diario trabajamos en algo que le da vida a nuestro corazón y nos mantiene ilusionado como si fuera nuestro primer día de trabajo. Es importante que tu profesión no se convierta en un motivo de tensión, sino de distracción.

- Es usted un hombre muy sabio. ¿Me podría explicar más acerca del niño que llevamos en nuestro interior? Me gustó el tema y me resulta interesante.

- Blanca, cuando crecemos no borramos nuestra infancia, ella esta ahí. Puede haber sido serena o turbulenta y estas circunstancias influyen en nuestra vida como adultos. A veces somos rudo con nuestro niño interior y lo tratamos como nos trataron nuestros padres, esto no quiere decir que hayan sido malos, tienes que pensar que las personas siempre hacen las cosas lo mejor que pueden; pero quizás llenaron tu infancia de "no debes hacer esto", "no puedes hacer esto otro", "si no haces esto no podremos darte lo que quieres" y tu subconsciente comienza a recepcionar obstáculos del tipo "no puedo", "no debo", "no lo merezco" y con ellos creces y moldeas tu comportamiento llenándolo de limitaciones. En vez de decir "no puedo", tienes la opción de decir "creo que puedo tomar en cuenta esta opción y analizarla", simplemente vestir positivamente a ese "no puedo", enfocarlo de otra manera. No obstante siempre estamos a tiempo, cuando piensas en tu niño interior y valoras los beneficios que te reporta, él será feliz y te ayudará a cultivar la ilusión y la inspiración de lo posible. Si todavía mantienes el deseo de ser música, un deseo que llevas calado en tu corazón desde pequeña, es porque tu niña interior quiere que la escuches y saques a flote este talento... mirando el reloj detuvo el tema...Bueno pequeña es un poco tarde, podremos continuar otro día.

El hombre sonrió ligeramente y se levantó de la silla al mismo tiempo que ella llamó al camarero.

- Por favor déjeme pagar la merienda, tómelo como una cortesía de mi parte, le dijo la niña.

- De ninguna manera.

- Por favor señor Vittorio. ¿Es usted machista?

El anciano no puso objeción y abrió los ojos ante la osadía de Blanca, después ella lo siguió hasta la entrada del café y se despidieron en la acera. Mientras él se alejaba la muchacha caminaba mirando hacia atrás hasta perder de vista a su consejero. Se moría de vergüenza pensando en la propuesta del préstamo. Pensó que en tres días debía encontrar una solución para no tener que usar el dinero prometido; además, no confiaba completamente en este hombre, no lo conocía, no sabía quién era en realidad. Salió de la nada, se susurraba.

Tenía miedo abandonar sus estudios; pero su sueño estaba ahí. En un momento de su vida no se hizo realidad, no estaba en sus manos en aquel instante, ahora ella era la responsable de la decisión y conocía perfectamente la respuesta ante la interrogante de cuál profesión la haría más feliz.

5

Se levantó cuando aún el sol dormía, había soñado con la niña interior, la abrazaba y le leía un libro. Después del aseo se vistió y tomó cinco minutos para un corto desayuno. Bajó las escaleras y fue hacia el vendedor de periódicos, sonrió al entregarle unas monedas y salió de prisa. Esperó el autobús que pasaba una hora antes del acostumbrado a tomar cada mañana. Al llegar a la Universidad se sentó en sus escalinatas y buscó entre los anuncios del periódico. IMPARTO CLASES DE MUSICA: PIANO Y CANTO, decía en letras mayúsculas. Su corazón comenzó a latir fuertemente y se quedó estupefacta, le dio gracias a la niña y le pidió disculpas por haberse olvidado de ella por tanto tiempo. Esperó tranquila y comenzaron a llegar los estudiantes, parecían abejitas que cada vez más hacían crecer una colmena.

Debo ajustar mi trabajo y disminuir mis gastos. No sé cómo hacer para pagar mis clases de música, no será suficiente con el dinero que me envían mis padres, pensó con la mirada perdida en la mañana.

- ¡Mi princesa!, una voz exterior le despertó los oídos que en aquel momento sólo escuchaban su diálogo interno.

- ¡Arturo!

Se levantó súbitamente y abrazó al muchacho.

- ¡Qué bueno que regresaste! ¿Cómo está la abuela?

- Está un poco mejor; pero ya es muy vieja. No sé que la mantiene tan fuerte a pesar de su enfermedad.

- Su corazón, sus pensamientos.

- ¿Cómo dices? Su corazón es lo que la tiene así, enferma, está débil por su edad. Su corazón lleva muchos años trabajando.

- Arturo, nuestros pensamientos son la causa de nuestros sentimientos y nuestros sentimientos afectan a nuestro corazón. Si éstos son buenos lo afectarán positivamente, si son derrotistas lo afectarán de manera negativa. Si tu abuela hubiera pensado de una forma destructiva ya hubiera muerto; pero ella, como tú siempre me has contado, ríe mucho y todos sus días son buenos aunque sean diferentes, porque en la diferencia está la elegancia de la vida. Tiene noventa y cinco años, está senil su cuerpo pero no su alma y es precisamente la juventud de su alma la que ha colaborado a que viva más años.

- ¿Te pasaste para las clases de psicología?

- No te burles, lo que te digo funciona así.

- Sea lo que sea, siempre serás mi princesa.

- Si no hablaras jugando todo el tiempo te creería.

- Me acabas de decir que la sonrisa nos hace más longevos. Mírame a los ojos y verás que mi sonrisa es tuya.

- Si hoy fuera música como siempre soñé, tu sonrisa no fuera mía.

- ¿Por qué me dices eso?

- Quizás aunque no terminemos una obra porque nos espera la verdadera, es necesario que vivamos la primera para recibir el regalo que guarda para nosotros.

- ¿Qué me quieres decir? Ahora sí que no entiendo el enigma que me planteas.

- Después te explico.

Era hora de entrar a clases, se miraron, el tiempo no podía esperar una respuesta.

- Entonces hablamos luego, dijo Arturo.

- Mañana te prometo vernos en la tarde, hoy debo ajustar mi

horario en el trabajo.

- ¿Tu horario de trabajo?

- Despúes te explico, recalcó Blanca.

Arturo era dos años mayor que ella. Blanca era su princesa, poco a poco se había enamorado de ella y le gustaría que fuera su novia.

6

En la tarde, después de sus clases en la facultad de medicina, salió a buscar la dirección del anuncio y presentarse ante la puerta de su futura maestra. Impulsada por su sueño de convertirse en música iba feliz. Al mismo tiempo muchas dudas quedaban en su interior. Lo que nunca imaginó era que muy pronto sus cuerdas vocales y sus dedos comenzarían a funcionar practicando las notas musicales.

La calle era estrecha y edificios construidos al estilo barroco aportaban sombra al pavimento. Caminó por un largo callejón y en unos minutos estaba frente a la puerta que mostraba el número indicado en el anuncio y con el puño cerrado para golpear la madera majestuosa. De pronto y haciéndola brincar se abrió la misma. En su umbral apareció una señora de mediana estatura y pelo canoso. La miraba por encima de los anteojos con cara ruda. La muchacha abrió los ojos; pero no hablaba, se preguntó si la señora había mirado por algún lugar para evitar que sus nudillos hicieran contacto con la puerta mientras miraba hacia la ventana lateral, paralela a la entrada donde estaba estacionada.

- Tomaré la iniciativa por ti, expuso la maestra mirando sus libros. Doy clases de música muchacha, no de medicina, le dijo ajustándose los lentes mientras intentaba cerrar la puerta pidiendo permiso a la chica.

- Por favor, un segundo, los libros son de mi hermano. Yo necesito hablar con usted.

Hubo una pausa y la cara de niña apareció en el rostro de Blanca y ¿quién le negaría a una niña una oportunidad? Se abrió la puerta que daba paso a una enorme sala muy clara y fresca.

- Adelante, dijo la señora con su ruda voz; aunque con cara de abuela, puedes tomar asiento donde quieras.

Blanca se acomodó rápidamente en la silla más cercana y pensó que si era directa sería mucho mejor. Evitaré protocolos, se dijo. La mujer parecía muy ocupada y no tenía la menor intensión de enfadarla.

- Quiero estudiar música y le voy ser sincera. Cuando pequeña mis padres cuidaron de mí como se cuida a una rosa; pero no poseían los recursos suficientes para pagar mis clases de música. Hoy estoy aquí porque Dios me ha traído a su casa, prosiguió con lágrimas y suspiros la muchacha, nada ocurre por casualidad, todo ocurre por causalidad.

- ¿Trabajas?

- Sí, de ser posible necesito recibir las clases durante los primeros meses sólo tres veces por semana.

- ¿Qué decisión debes tomar en esos primeros meses que te impide un aprendizaje dedicado?

- Los libros de medicina son míos, le dijo bajando la cabeza; pero mi sueño verdadero es convertirme en música. Este sueño lo conservo en mi corazón desde pequeña y deseo cultivarlo y trabajar para que sea una realidad.

La mujer se paró y de pronto el tema pareció curarle el apuro. Caminó hasta la ventana y prosiguió.

- En la vida lo más importante no es ser médico, abogado, músico o zapatero, lo más importante es tratar de ser excelente en cualquier profesión que elijas y para ser excelente debes dedicarle tiempo a esa profesión y sobre todo amarla, para que de esta manera puedas ser verdaderamente feliz y puedas ayudar a la humanidad. Un limpiabotas excelente le garantiza al médico que sus zapatos se mantengan limpios y los zapatos limpios del médico le transmiten confianza al paciente, ya que el médico, entre otras cosas, vela por la higiene de la población para que se mantenga sana, y si él está sucio, cómo podrá hablarle de higiene a los demás. A la vez el médico es feliz de tener un limpiabotas que le ayuda a servir mejor a sus pacientes y es feliz porque ama lo que hace. El limpiabotas también es feliz si le gusta su labor porque las personas se sienten satisfechas de su trabajo. El es útil, todos lo somos. Ven, acércate aquí a la ventana.

Blanca acudió al llamado sin esperar y asomó su cara por el cuadrado.

- ¿Ves a aquel señor?

La muchacha asintió con la cabeza y la maestra continuó.

- Se llama José, vende frutas. Nació muy pobre y cuando creció decidió que no le gustaba la pobreza y se dispuso a trabajar por una vida mejor. Descubrió que le gustaba vender y también descubrió que por estos alrededores nadie vendía frutas. Observó que las personas iban muy lejos a buscarlas y se dio cuenta que su idea era perfecta. Montó la tiendita que ves, pequeña; pero muy limpia. No es la única que tiene, hay dos más a unos kilómetros. Ya los vecinos no tienen que ir tan lejos a comprar frutas y es feliz porque hace felices a los demás y le gusta su negocio. José se ha ganado el corazón de todos porque transmite su satisfacción y la calidad de sus productos es la mejor. Si José no existiera los hombres de corbata no podrían comer frutas. José es muy importante y lo ha logrado porque escogió hacer realidad su sueño.

Blanca se quedó mirando unos segundos a José que estaba parado en la puerta saludando a los clientes y entregándoles su cálida bienvenida, mientras ayudaba a una señora con los paquetes. Luego miró a la maestra que esperaba una respuesta.

- Tengo miedo, le respondió la niña bajando la cabeza.

- Si dejas que el miedo tome un lugar en tu corazón no llegarás al final del camino. Si dejas que tus pensamientos abriguen al miedo, sentirás miedo y a la vez el fracaso estará pegado a tus espaldas. Tú misma lo dijiste, no existe la casualidad, todo es causal y tus sentimientos de miedo son los efectos de tus pensamientos que se hacen realidad. Si piensas que fracasarás en la música, fracasarás. No determinas dejar la medicina para que sea tu respaldo en caso de que tú decidas no triunfar como música. De todas formas aunque termines la carrera de medicina y la guardes como garantía para tu vida, jamás será la garantía de tu felicidad, porque para ser feliz es necesario hacer lo que nos gusta.

Hubo una pausa de pocos minutos, la muchacha miraba el piano.

- Puedes empezar cuando quieras, continuó la maestra sin dejar que la muchacha respondiera.

- Está bien señora.

- Puedo darte trabajo. Todos mis alumnos son pequeños y necesito una persona que me ayude con ellos. Exactamente velar por su disciplina, también asegurar que realicen sus ejercicios durante la clase. Tampoco me gusta cocinar, si quieres, cuando terminemos cada tarde con tu clase, puedes prepararme la comida del día siguiente y traerme algunos encargos, por los cuales te pagaré individualmente. De esta manera también me haces un poco de compañía, mi esposo es comerciante y viaja constantemente. Pero no puedo aceptar que llegues tarde a mis clases y me gusta que presten atención a mis lecciones.

Aquella fue su última tarde en la tienda de ropa donde trabajaba y su nueva vida le exigía un solo estudio. Quería ver a Vittorio para pedirle consejo; aunque de antemano sabía su respuesta. Pensaba en la facilidad con que las cosas acontecían, sobre todo por la propuesta de trabajo de la señora, ya no necesitaría el dinero de su amigo ni pensar en devolverlo en un futuro. Comenzó a creer que una poderosa fuerza misteriosa la empujaba por nuevos senderos. Pensaba también en la reacción de sus padres. Cómo le diría que ya no estudiaría medicina y que parte de los ahorros que ellos habían guardado con tanto sacrificio se habrían perdido en la facultad de medicina.

7

Al día siguiente, como cada mañana, se fue a la Universidad con una decisión acuestas a pesar del temor que aún sentía y se sentó en las escaleras como de costumbre hasta que comenzaran las clases.

- ¡Princesa!

Sentía miedo de hasta no escuchar más esa palabra.

- Mi princesa está marchita.

- No lo estoy, Arturo.

- Tus ojos me enseñan tu alma, por eso me enamoré de ti, porque pude ver con claridad el fondo de tus pupilas y allí encontré sinceridad y mucho amor para entregar y recibir.

- ¿Y si te decepciono?

- ¿Y si lo que tú consideras una decepción no lo es para mí? ¡Quiero que seas mi novia!

Blanca lo miró sorprendida, sabía el amor que sentía Arturo por ella; aunque él nunca se había atrevido a pedirle que fuera su novia.

- ¿Me lo dices jugando?

- ¿Crees que porque te lo digo sonriendo estoy jugando?

- No, es que me has tomado por sorpresa.

- Las sorpresas son agradables; pero antes de que me des tu

respuesta puedes desahogarte y contarme qué te sucede.

Blanca continuaba sorprendida, no quería cambiar el tema; pero decidió contarle a su enamorado.

- Pienso dejar la medicina.

- ¿Cómo?

- Quiero estudiar música, quiero hacer realidad lo que sueño despierta a diario durante el camino a casa en el autobús, sentada en esta escalera de la Universidad, en mi tiempo libre, casi a todas horas por muchos años. No quiero seguir viendo mi sueño como una imagen presa, muerta antes de nacer en la realidad. Quiero cerrar los ojos cuando escuche una melodía creada por mí misma, quiero ir a Roma y cantar en un magnífico concierto, así lo imagino y así quiero que sea, no por capricho; sino porque amo lo que siento. He pasado años inmovilizada por el miedo a cambiar el rumbo de mi vida. Ahora estudio medicina y es una dedicada y gloriosa profesión que me puede reportar un futuro abundante en recursos materiales; pero no sólo estudiamos y perseveramos para ganar dinero; sino también para regocijarnos en la diaria labor que hacemos para ayudar a la humanidad. Me imagino que pensarás que estoy loca; pero es mi decisión y lucharé hasta el final por mi objetivo.

Arturo quedó confundido por unos instantes, a veces Blanca hablaba muy rápido.

- ¿Cuándo te irías?, preguntó a pesar de no haber entendido claramente lo que Blanca había dicho.

- No he hablado con el director de la facultad, pienso hacerlo la próxima semana.

- ¿Quieres ser mi novia?

La muchacha sonrió extrañada por la reiterada pregunta del muchacho.

- ¿Has escuchado lo que te he dicho Arturo?

- Me alegra tu decisión. Estoy seguro que no estás improvisando un sueño. Sé que llevas calado en tus huesos ese deseo desde que te conocí y podrás contar siempre con mi apoyo. Nunca desistas aunque la fatiga trate de vencerte, no escuches la opinión burlona o atrevida del que intente darla, porque de ahora en adelante encontrarás quien quiera cambiarte la cabeza y hacerte pensar que estás cometiendo un error. Algo más, quiero invitarte mañana en la noche a un paseo, y recuerda, quiero que seas mi novia y si es posible me gustaría conocer tu respuesta, le dijo el muchacho esta vez sin sonreír y se alejó.

8

Al fin llegó el esperado día de reencontrar a su consejero. El sol estaba en mitad del cielo. Vería a su amable anciano y después iría a casa de la profesora de música. En la noche Arturo la esperaba. Apresurada se dirigió al parque y para sorpresa de la muchacha el banquillo acostumbrado a la presencia de Vittorio estaba ocupado por una señora con un niño pequeño. No había señales se su amigo en los alrededores. Decidió caminar para buscarlo minuciosamente sin resultado.

- ¿En qué otro lugar te atreverías a buscarme?, le susurró misteriosamente el anciano por la espalda.

Sin voltearse le respondió.

- Lo buscaría en la cafetería, luego en la tienda de música; aunque no tuviera sentido porque no conoce el camino a mi casa.

- ¿Sabes que cuando los seres humanos tratan de buscar el sentido de las cosas les están poniendo límites a las posibilidades?

Esta vez se volteó y no importó el comentario para entregarle una sonrisa.

- ¿Me está diciendo que la lógica es absurda?

- No, te estoy diciendo que cuando los recursos se agotan hay que abrir la mente y buscar con precisión donde aparentemente se terminó el sentido.

Blanca escogió no responder porque en realidad no sabía qué responder y cambió el tema.

- Lo extrañé, Vittorio
- ¿Me olvidaste por estos días?
- No.
- Entonces siempre estuve contigo.
- Tengo muchas cosas que contarle. Estoy muy feliz.
- Busquemos un asiento.

No había por todo el parque un banquillo disponible. El viejo tomó lugar bajo un árbol quitándose los zapatos y colocando la planta de sus pies sobre la hierba e invitó a Blanca a hacer lo mismo. Ella lo miraba con cara de niña curiosa. Nunca dejará este hombre de sorprenderme, pensó en silencio.

- ¿Está húmeda la hierba?
- Nunca olvides que la naturaleza es tu verdadero hogar. Cada árbol, flor, ardilla y pájaro de este parque respira como tú. La armonía entre nosotros y el resto de los seres vivos es fundamental para el espíritu. Tocar la hierba con la planta de tus pies te sintoniza con el medio ambiente natural y la fuente creadora de vida.

Blanca lo miraba con el ceño fruncido, manifestando inconscientemente su ignorancia sobre el tema que Vittorio había iniciado y preguntándose de dónde este hombre había sacado aquellas extrañas teorías.

- He aprendido muchas cosas de usted; pero al mismo tiempo me parece que no he aprendido nada.
- Lo esencial para la felicidad humana es lo que al ser humano actual le cuesta trabajo aprender; pero lo más importante es tu interés por el aprendizaje. Poco a poco irás conociendo cada palabra mía, déjate llevar y abre tu mente, sé receptiva y permite que el Universo, que lo creó todo incluyéndote a ti, te brinde su sabiduría, porque tú formas parte de él, eres él y estás en él. Ahora cuéntame cómo te fue por estos dos días.

Blanca se sentó rápidamente a su lado, estaba ansiosa por contarle. Ella también se quitó los zapatos.

- Al día siguiente de nuestro encuentro en la cafetería me levanté bien temprano y compré el periódico y sin mucho buscar hallé un anuncio que decía: IMPARTO CLASES DE MUSICA: PIANO Y CANTO. Cuando terminé las clases esa tarde me dirigí a la dirección indicada. Me encontré con una profesora que se parece mucho a usted en su forma de pensar. Esa tarde fue mi último día de trabajo en la tienda de ropa, ya que ella me propuso empleo como su asistente para ayudarla con la disciplina de los niños que tiene como alumnos y además me pagará por ser su cocinera, lo cual me alegra porque ya no necesitaré de su dinero para pagar mis clases. También tengo algo ahorrado y mis padres me envían una pequeña pero útil mensualidad. Pediré mi renuncia en la facultad y comenzaré mis clases con la profesora, ella espera mi respuesta para empezar.

- ¿Cómo te sientes?

- Tengo un poco de miedo, no obstante existe una voz en mi interior que me dice que todo va a estar bien. ¿Sabe algo? Y quizás usted me crea. Una tarde en el autobús de camino a casa tuve la sensación de que alguien en mi interior me decía que la medicina no sería mi verdadera profesión, pocos días después volvió a suceder en la misma parada donde me ocurrió la vez anterior y finalmente al poco tiempo apareció usted.

- ¿Ya lo saben tus padres?

- No, todavía no lo saben.

- Ellos hicieron su vida y aunque al inicio se muestren un poco inconformes con tu idea, después te apoyarán en tu éxito.

- Quiero saber quién es usted.

- Algún día lo sabrás. Te garantizo que estoy aquí para ayudarte, no obstante en algún momento del camino continuarás sola.

- Es usted como un mensajero de Dios.

- Todos tenemos a Dios en nuestro interior; pero existen personas que lo escuchan y otras que no lo escuchan. Dios está en todos lados y todo lo puede, entonces si Dios está dentro de ti y todo lo puede, tú puedes lograrlo todo. Cada sueño que imagines y desees con el corazón será posible. Llevabas mucho tiempo soñando con la música. Tú misma has provocado esta situación en que vives ahora y al final te llevará a vivir lo que has imaginado y suplicado con tu corazón. Haz visualizado el final y el Universo te va a complacer. ¿Sabías que el subconsciente es ingenuo? No sabe diferenciar lo que depositas en él, no sabe si la imagen que ve es real o no. Él solamente obedece en correspondencia a lo que tú visualices en la pantalla de tu mente. Mira Blanca, sé que toma tiempo aprender lo que te estoy explicando; pero una vez que comprendas querrás vivir tu vida con estos principios. Todo aquello que quieras lograr ponlo en tu mente, visualiza y saborea cómo estás viviendo ese momento que deseas. Visualiza qué haces y hasta qué ropa llevas puesta y verás materializada esa imagen algún día; pero ante todo debe haber paz en tu corazón, mucha paz y sobre todo fe en tu súplica, debes pedir sabiendo que ya está cumplido tu deseo porque en la mente del Universo ya existe ese momento. Si dudas perderás. En tu interior podrás encontrar todas las respuestas, habla con él porque ahí habita el sabio.

- Entonces mi subconsciente es mi voz interior.

- Subconsciente, voz interior. Hay quien le llama mi otro yo, el sabio que vive dentro de mí y hay hasta quien le pone un nombre y conversa con él en busca de guía y consejo, nunca falla.

- Inconscientemente he dicho, cuando cometo errores, que mi yo interior no estaba equivocado, es como una vocecita que te dice que no tomes este camino, porque debes caminar por otro. A veces sucede como una corazonada.

- Estás entendiendo, incluso a veces se manifiesta con impulsos inexplicables, como el día que te bajaste del autobús para ir a la tienda de música. A veces te guía a través de un sueño, hay muchas maneras.

- ¿Entonces somos sabios por naturaleza?

- Sí; pero nos dejamos arrastrar por los prejuicios de la sociedad, por la crítica, las preocupaciones, las dudas, los pensamientos negativos. Te expliqué que los pensamientos generan la forma en que nos sentimos. Si tus pensamientos son negativos tu vida será pobre en todos los sentidos, si son positivos tu vida marchará acorde a la energía que generan los pensamientos positivos. Por esa razón te impulsé a que estudiaras música, éste es tu sueño y amarás cada nota y la humanidad te lo agradecerá, porque tu amor lo sentirá todo aquel que te escuche y lo harás feliz en el momento en que sus oídos perciban tu felicidad a través de la música que interpretes y hasta puedes cambiar la vida de una persona aunque nunca lo sepas, de la escasez a la abundancia, y cuando digo abundancia me refiero a todo tipo de bendiciones.

Conversaron por un rato más y Blanca le pidió que la acompañara a casa de la profesora.

- No puedo Blanca, debo hacer algunas gestiones.

- Es cierto, usted no existe sólo para mí. Gracias, Vittorio, por toda su ayuda.

Se despidieron y planificaron el próximo día de encuentro. En una hora llegó a casa de su maestra y su alegría contagió a la que en un futuro sería como otra madre para ella.

- ¿Cuándo puedo comenzar las clases, maestra?, le preguntó Blanca con impulso sorprendente

- Ahora mismo, le dijo la señora regalándole la sonrisa que había quedado pendiente la primera vez, cuando la conoció en el umbral de su puerta pidiendo ayuda con sus libros de medicina a cuestas.

Primero organizaron un horario de clases. Blanca debía aprender solfeo, piano y aunque su voz era naturalmente maravillosa y afinada, había que educarla un poco.

9

La noche se acercaba y el crepúsculo se adueñó del cielo oscureciendo los ojos de la muchacha que cambiaban de color según el tiempo. La pasión era esta vez la protagonista, llevaba un vestido azul muy tierno y unos zapatos blancos. Arturo parecía un caballero que la tomaba del brazo aparentando ser un personaje anterior al siglo XX.

- En algún momento del camino te diré que cierres los ojos y no podrás abrirlos hasta mi nuevo aviso.

- ¿Es una sorpresa, Arturo?

- Cuando abras los ojos tendrás ante ti mi propio amor. Con la grandeza e intensidad que se manifiesta lo que verás, así te amo.

Avanzaron por unos minutos más y entonces le pidió que cerrara los ojos. Con el silencio se podía escuchar la respiración de ambos, Blanca sostenida del brazo de Arturo para no caer, en ocasiones sonreía y se preguntaba callada cuál sería la sorpresa, confiaba que algo maravilloso e infinito iba a experimentar.

- Ahora puedes abrir los ojos, le dijo Arturo al oído, muy bajito

Cuando Blanca abrió los ojos se abrieron también los ojos de su corazón y quedó sin palabras por unos segundos. Tenía ante ella la casa de Neptuno: el mar. Estaban parados en la altura de un puente de madera que se extendía desde la arena a pocos metros sobre el agua y en su esquina un farol de intensa luz dejaba ver una parte del agua como si el día existiera en ese pedazo y algunos pájaros tardíos regresaban a sus nidos.

- Arturo…

No hubo más palabras, sólo un beso y un abrazo profundo.

Lo más hermoso es gratuito, pensó en silencio. El amor, la bondad, la belleza, la naturaleza, se obtienen gratis y aquel paisaje la hizo sentir como si volara. El sol ya se ocultaba en el horizonte lejano.

10

Meses después ya no estudiaba medicina, sino música. Ayudaba a su profesora con los niños y cocinaba para ella. La maestra le había pedido que viviera en su casa. Tenía una habitación disponible con una ancha ventana que daba al patio. Desde allí podía ver la casa de un pintor que cada mañana y cada tarde se acomodaba en una alta banquilla sin espaldar e inclinaba su cuerpo hacia el lienzo que quedaba diagonal a la ventana y no le dejaba ver las figuras que plasmaba en la tela.

Ya el solfeo no era una materia desconocida. Aprendía con facilidad y mucha práctica. La vida de sus sueños se estaba haciendo realidad. Su relación con Arturo era maravillosa y su maestra era como otra madre, siempre a su disposición. Vittorio era el fiel amigo que no faltaba a sus citas para conversar dos veces por semana y brindarle toda la sabiduría conocida. Estaban en el hermoso parque sentados en el banquillo de costumbre. Hasta los árboles de aquella fuente de oxígeno extrañaban la presencia diaria de Blanca, ahora la veían solamente en dos ocasiones durante la semana.

- Cuando termine el año quiero matricular en la Universidad y quiero buscar un trabajo acorde a mi nueva profesión.

- Podrías impartirle clases a niños, le dijo Vittorio, y creo que es bueno que esperes un poco más para comenzar la Universidad. Practica más en el piano y continúa educando tu voz. Te gusta el violín también, sería oportuno que buscaras más adelante un maestro de este instrumento.

- Sí, quizás tenga razón.

- No te afanes tanto con la Universidad Blanca, el mejor título es el talento intrínseco y el que puedas incorporar de manera autodidacta. Es bueno que pienses en una superación universitaria; pero espera el momento adecuado.

- Gracias Vittorio, creo que si no hubiera sido por usted no estaría ahora en pleno gozo de mis sueños.

- Es bueno dar gracias por todo, date las gracias a ti también, a la profesora, a las circunstancias, incluso al tiempo empleado en la medicina, esos conocimientos los puedes aplicar en algún momento para ayudar a alguien y además, gracias a esa carrera encontraste a Arturo. Me alegra que seas feliz Blanca y recuerda que todo lo que sueñas es posible y está a tu alcance.

- Adoro la música Vittorio, añadió sin atinar porque de pronto había escuchado las últimas palabras de su consejero como una despedida, sintió una de sus imprevistas corazonadas.

- Recuerda que ésta es la manera que tienes de ayudar a la humanidad. Has encontrado el verdadero amor a través del sonido de un piano, a través de tu melodiosa y dulce voz y en un futuro cuando comiences tus clases de violín, debes continuar agregando bondad en lo que haces. Esa es tu misión en la vida.

- Sí, ya sé que nada es casual, todo es causal.

Conversaron un poco más y Blanca se fue a casa caminando despacio con la mirada un poco distante y perdida a su vez en el tiempo, como apartada de la realidad. Había comenzado a confiar más en sus corazonadas.

11

- **Profesora Beatriz, ya estoy** aquí. ¿Profesora dónde está?

Salió al patio y después a la calle, ya casi era la hora de su clase. Se asustó un poco con la ausencia de respuesta por parte de su dulce maestra.

- Señorita Blanca, le dijo una niña de aproximadamente nueve años, a la señora Beatriz se la llevaron al hospital hace un rato.

- ¿A cuál hospital, por qué, qué sucedió?

- Se sintió muy mal, yo comenzaba mis clases de piano hoy y al llegar se la llevaban.

- ¿Pero, qué tenía?

- Se desmayó. Una señora se fue con ella y cuando regresó dijo que no saldría hoy del hospital.

- Seguro que fue su amiga Catalina. Venía hoy a visitarla.

- No sé, respondió la pequeña y se encogió de hombros.

- ¿Y qué haces aquí todavía?

- Quería esperar para saber de ella. Esa señora amiga de la maestra se acaba de ir y te dejó un mensaje con el dueño de la frutería.

- ¿Dónde vives?

- A unas cuadras de aquí.

Tomó a la niña de la mano y se dirigió a la tienda de frutas.

- Señor José...

No esperó que terminara.

- Señorita Blanca, se llevaron a su profesora al hospital del centro, sufrió un desmayo y su amiga Catalina me encargó que le dijera que su maestra no saldría hoy del hospital.

- Tomaré algunas cosas e iré para allá. Gracias, José. ¿Cómo te llamas pequeña?, le pregunto a la niña con notoria rapidez.

- Me llamo Patricia.

- Patricia, te llevo a tu casa.

- Quiero saber de la señora Beatriz.

- Te prometo que te dejaré saber en cuanto regrese.

Dejó a la niña en su casa, retornó en busca de algunas pertenencias y salió nuevamente hacia el negocio de José.

- Señor José, vengo a comprarle algunas frutas a mi maestra.

El vendedor que de vez en cuando se paraba en la puerta para recibir a los clientes mientras su esposa lo ayudaba adentro, no habló, hizo un gesto como si fuera a entrar y se agachó ligeramente para tomar algo que reposaba en una cesta, ubicada en una esquina del interior. Blanca se quedó parada en espera de una respuesta ante el gesto silencioso de José. De pronto el negociante le extendió una pesada bolsa con diversos tipos de frutas.

- Me paré aquí para vigilarla, quería entregarle esto para la señora Beatriz. Es un regalo, lléveselo de mi parte.

- Muchas gracias, señor José, le agradeció la chica con una sonrisa amistosa y ojos sorprendidos.

- Me cuenta, cuando pueda, sobre su salud.

- Sin falta lo haré.

Una niña y un viejo amigo negociante vigilan por el cuidado y la salud de una espléndida mujer, pensó Blanca, en un segundo han considerado que su colaboración, una esperando y otro ofreciendo alimento sano y fresco, es parte de su amor y deseos de recuperación. Sólo piden a cambio más información con la intención de continuar colaborando.

Se marchó al hospital, allí preguntó apresurada. Una vez en la habitación se quedó junto a su maestra esperando que despertara. A los pocos minutos cuando la maestra abrió los ojos se encontró con los almendrados ojos de Blanca y su sonrisa de ángel.

- Me hizo pasar un buen susto.

- Fue sólo un desmayo, olvidé comer.

- Y que le sucedió al enanito de su estómago. ¿Acaso se quedó dormido y olvidó tocar el timbre para avisar que era la hora de comer?

- Mi pequeña, qué cosas se te ocurren, sonrió la profesora ante la ocurrencia de Blanca.

- ¿Es cierto que no regresaremos a casa hoy?

- El doctor dice que me hará unos exámenes y estaré aquí, probablemente, hasta mañana en la tarde.

- Esto es cortesía de nuestro amigo José, le indicó levantando la pesada bolsa de frutas mientras la abría para mostrarle las delicias. Yo, le he traído uno de sus favoritos, prosiguió extendiendo un libro de hadas que su maestra regularmente leía sin cansarse por las fabulosas historias que relataba. Todos llevamos un niño dentro, comentó Blanca encontrando una relación entre las sabias palabras de su amigo Vittorio y los gustos de la maestra.

- Tienes razón, la famosa madurez de que presumen muchas personas no es más que una expresión de cierto equilibrio social; pero no de un sincero equilibrio interior, que es donde realmente podrás encontrarla. Muchos adultos subestiman la imaginación de los niños sin darse cuenta que es la más prodigiosa, porque no está llena de prejuicios ni de juicios. Los niños son receptivos y originales, no valoran a las personas por su condición social ni por su dinero, se mantienen expuestos al amor y a la bondad que se les entrega. Su mente es ilimitada y limpia. No les importa lo que los demás estén pensando porque ellos viven su propio mundo.

12

Una vez en casa Blanca vigilaba el sueño de su maestra.

- Ha dormido un buen rato, me alegra que haya descansado.

- No hay nada mejor que estar en casa. Gracias por todos tus cuidados Blanca, le agradeció la maestra extendiendo su mano y pasándola por los cabellos ondulados de su hija afectiva.

- No tiene que agradecerme, para mí fue y es un enorme placer atenderla y cuidarla. ¡No vuelva a quedarse sin comer, por favor!

- Tocan a la puerta Blanca.

- ¿Se siente bien para continuar tan rápido con las clases?

- Claro Blanca, fue sólo un desmayo y tú sabes bien que enseñar música me hace feliz y me sana el cuerpo y el alma. Ve, seguro es la niña Patricia.

- Está bien, confiaré en su palabra.

Patricia era tan pequeña que Blanca podía abrir la puerta y casi no darse cuenta de que ella estaba allí.

- Hola, Patricia.

- Hola, Blanca.

- ¿Estás lista para tus clases?

- Sí.

- Ayer cuando regresamos era un poco tarde, por esa razón

no te informé sobre el estado de la señora Beatriz y hoy he pasado toda la mañana atendiéndola. Sinceramente no he querido perderla de vista.

- ¿Quieres ser mi amiga?
- ¡Me encantaría!, le dijo Blanca sin pensar y sorprendida por la inesperada pregunta.
- Gracias.
- Hola pequeña, le saludó la voz de la maestra mientras la niña inclinaba un poco la cabeza para poder mirar detrás de las espaldas de Blanca.
- ¿Cómo está usted maestra?
- Muy bien muchachita, gracias.
- Bueno, yo debo salir, quizás cuando regrese ya te habrás ido Patricia, interrumpió Blanca. También debo comunicarle al señor José que hemos regresado y que la señora Beatriz está bien.
- ¡Pero nos veremos mañana! ¿Cierto?
- Sí, pequeña, nos veremos mañana.

Esa tarde no había sol. Salió a ver a Vittorio un poco agitada, deseaba llegar temprano a su cita. Llegó al parque y después de dar dos vueltas por el mismo no encontró al consejero, miró su reloj y no pensó en buscarlo en la cafetería porque había llegado bastante tarde por haber cuidado a la maestra. Vittorio se cansó de esperarme, pensó, vendré mañana. No obstante recordó su corazonada durante el último encuentro y sintió que se le oprimía el pecho, recordó que en una ocasión Vittorio le había dicho que continuaría sola. Diversas preguntas pasaban simultáneas por su mente como un coro de voces. Esa tarde logró ver a Patricia y conversaron mucho en el patio de la casa.

- ¿Y tus padres?
- Viven fuera de la ciudad.
- ¿Los extrañas?
- Sí; pero quiero estudiar y ellos están contentos por eso.
- Dice la señora Beatriz que estudiabas medicina.

Blanca quedó callada por un rato.

- Disculpa, si te molesta hablamos de otra cosa.

- No, no me molesta.

- ¿Por qué estudias música ahora y no medicina?

- Porque desde que era más pequeña que tú soñaba con la música, me gusta el canto y el violín.

- ¿Tocas violín?

- Cuando avance en mis lecciones de piano y canto comenzaré a estudiar violín.

- A mí me gusta el piano; pero me gustan también los misterios, le dijo esto último en voz baja.

- ¿A qué misterios te refieres?

- Quiero saber qué hay en el Universo, dónde termina, si hay una pared.

- El Universo es infinito Patricia, no termina.

- ¿Dónde comienza entonces?

- No comienza ni termina, es como tu imaginación, no tiene fronteras.

- Yo imagino que monto un caballo blanco con alas; pero mi madre dice que los caballos blancos con alas no existen en la vida real.

- Cuando el hombre imaginaba que podía viajar a otro país por el aire y en un corto período de tiempo, quizás pensó como tu madre, que los aviones o algo parecido no existían en la vida real. Tampoco habría grandes barcos de acero, porque un pedazo de metal no flota, se hunde.

- Entonces, quizás en algún lugar viva mi caballo blanco con alas.

- Quizás.

13

Al día siguiente, en la tarde nublada salió nuevamente hacia el parque en busca de Vittorio, esta vez llegó antes de tiempo. Esperó un rato, su reloj marcó la hora acostumbrada para el encuentro y miró alrededor; pero no estaba su consejero. Pensó que tal vez se había retrasado un poco terminando un trabajo y siguió leyendo un libro que la distrajo por bastante tiempo.

Pasó una hora y el corazón se le oprimía. ¿Dónde estará mi amigo?, pensó. Se fue a la cafetería que estaba al cruzar la calle y preguntó, dando la descripción física del anciano, si había estado allí durante el día o en algún momento del día anterior. Nadie lo había visto. Preguntó por el camarero que los atendió en una ocasión.

- ¿Qué se le ofrece señorita?

- Sé que atiende a muchas personas. No sé si recuerda que hace unos meses atrás vine con un anciano a merendar aquí.

- Disculpe señorita pero no recuerdo, imagine, atiendo a muchas personas a diario y si no vienen con regularidad su rostro se me disuelve de la memoria.

- Gracias, respondió con desilusión bajando la voz mientras el camarero le indicó con un gesto su lamento al no poder ayudarla.

44

Salió de la cafetería y volvió al parque, no había rastro alguno de su amigo. Buscaré en la tienda de instrumentos de música, se dijo en voz alta; aunque no tiene sentido porque... La penúltima palabra que dijo la detuvo..."Sabes que cuando los seres humanos tratan de buscar el sentido de las cosas les están poniendo límites a las posibilidades..." Esto le había dicho Vittorio una vez.

Se dirigió a tomar el autobús y en pocos minutos estaba en la tienda. Cuando llegó reconoció instantáneamente a la señora Francis. Como pensó que no la recordaría no se acercó a ella. En el intento de buscar a su amigo por el espacioso lugar caminaba sin mirar los violines.

- ¡Señorita Blanca!
- ¡Francis!
- Pensé que no me recordaría.
- Yo pensé lo mismo de usted.
- Nunca la olvidaría, cada tarde la he esperado con sus padres.

Una pausa dominó el espacio y el tiempo hasta que la verdad derrumbó el silencio.

- Señora Francis, no sé tocar el violín, apenas unos meses atrás comencé mis lecciones de piano y canto.

Hubo otro vacío verbal y Blanca bajó un poco la cabeza.

- Disculpe mi mentira señora Francis, no fue mi intención mentirle, mi intención era soñar que algún día...

La voz lastimosa de Francis la interrumpió y le hizo levantar rápido la cabeza.

- Hace muchos años atrás, cuando aún era muy joven, me cansé de mi trabajo como telefonista y quería lanzarme a cumplir mi sueño como música; pero tuve mucho miedo. Me pasé el tiempo postergando el sueño y buscando pretextos. Ahora trabajo aquí para estar un poco cerca de lo que pude iniciar un día. Así que te felicito, cualquier esfuerzo que hayas tenido que hacer valdrá la pena y al final te sentirás satisfecha. Siempre debemos intentar hacer lo que queremos para no morir con la nostalgia de no haberlo intentado; aunque no sea yo el ejemplo de mis palabras.

- Aún está a tiempo.

- No Blanca, dijo Francis con una sonrisa melancólica. Ya estoy muy vieja, le comentó en voz baja.

- La edad no se mide por los años de su cuerpo; sino por la salud de su mente y de su alma. Quizás como pasatiempos en su vejez puede tomar clases de música. Mírelo así.

- Gracias muchachita, eres encantadora.

- Muchas gracias.

- ¿Tienes profesor de violín?

- Aún no, debo buscar alguno antes de comenzar en la Universidad.

- Te harán un examen antes de comenzar en la Universidad. Debes tener cierto nivel de conocimientos como requisito.

- Lo sé.

- Te daré la dirección de un amigo que puede ayudarte, fue un gran violinista. Ahora se ha dedicado a la pintura.

- ¿Entonces, cómo he de pedirle lecciones de violín?

- Habla con él, no temas en decirle que yo te he enviado.

Mientras la mujer apuntaba un poco distante, Blanca miraba alrededor sin moverse de su sitio en busca de Vittorio.

- Aquí tienes Blanca, se acercó la vendedora entregándole una nota con la dirección y las indicaciones para llegar.

- ¡Vivo cerca de este lugar! ¡Esta es la calle que esta detrás de mi casa! Hay un pintor que puedo ver desde la ventana de mi cuarto, tiene el cabello canoso y aparenta ser muy alto. Siempre pinta sentado junto a su ventanal.

- Se llama Andrés.

- Gracias Francis, le contestó estupefacta.

Se despidieron y quedaron en volver a verse. La lluvia, que caía a cantaros, se detuvo poco antes de Blanca salir. Afuera de la tienda pensó: "no existe la casualidad, existe la causalidad". Es la ley de causa y efecto, una de las Leyes Universales. ¿Dónde estarás Vittorio? A pesar de todo siento que no te has ido. ¿Será que ya llegó el momento de continuar sola como me dijiste un día?

¡Pero no nos hemos despedido! Bueno, los amigos no se despiden, aunque no estén, se llevan en nuestro corazón.

Se fue con su monólogo interno para su casa, ya era tarde y Beatriz podría estar ansiosa preguntándose dónde estaría.

14

La puerta del pintor parece la de un castillo, pensó mientras la golpeaba con la aldaba.

- Buenos días.

- Buenos días señor Andrés. Mi nombre es Blanca.

- Sí, sé que vives con la señora Beatriz. Adelante, puedes pasar.

Blanca miraba alrededor sin poder detener su indiscreción, los cuadros creados por aquel hombre eran maravillosos.

- Toma asiento. ¿Deseas tomar algo?

- No señor Andrés, muchas gracias, negó simultáneamente con la cabeza mientras se sentaba en una silla de un estilo algo particular. La señora Francis me comentó que es usted un excelente violinista y quería preguntarle si de alguna manera podría impartirme algunas clases.

- Francis es una gran amiga. ¿Cuándo la viste? ¿Cómo la conociste?

- La vi ayer y la conocí hace unos meses mirando unos violines en la tienda.

El hombre se levantó de su silla y se desplazó lentamente hacia un cuadro casi terminado, el cual Blanca podía observar desde su asiento.

- ¿Me podrías dar un par de días Blanca? Me he dedicado a la pintura y pienso seguir haciéndolo. No he abandonado el violín; pero necesito tiempo para poder darte una respuesta concreta. ¿Qué horario tienes disponible?

- Las noches, después de las 7:00. ¿Vende ese cuadro?

- No pienso venderlo.

- Por favor, si decide venderlo yo lo quiero. Tengo una pequeña amiga que sueña con un caballo blanco con alas.

- ¿Cómo se llama tu amiga?

- Patricia.

- En dos días puedes regresar Blanca.

- Gracias señor Andrés.

- Gracias a ti muchacha, nunca desistas de tus sueños.

- Lo sé, gracias, le respondió con una sonrisa.

Extraño a mi amigo Vittorio, pensó, él tiene razón, todos estamos conectados. Mi amiga Patricia sueña despierta con un caballo blanco con alas y este señor está pintando un cuadro del animal con alas de ángel. Me gusta el violín y este señor es mi vecino y es violinista.

Blanca continuó camino a su casa, su maestra la esperaba. Se sentaron juntas en el patio para respirar un poco del exquisito aire y disfrutar del bamboleo de las hojas empujadas por el viento.

- Creo que debemos hacer unos arreglos señora Beatriz.

- ¿Qué arreglos Blanca?

- Cada día tiene más alumnos. Hay que buscar la manera de aliviar su faena. He pensado en la forma de crear una academia. Podríamos contratar a otra persona que domine otro instrumento. Yo podría darle clases a los alumnos que no tienen ningún conocimiento de música, usted continúa con los más adelantados y luego contratamos a alguien.

- Tú debes estudiar Blanca.

- Reajustaré mi horario. Podemos contratar a alguien que haga los quehaceres domésticos cuando el negocio avance un poco.

- Debo pensarlo Blanca. Cuando mi esposo llegue el mes próximo veremos si tenemos el presupuesto disponible.

- De todas formas yo podría desde ahora impartirle clases a los niños que no tienen ningún conocimiento de música y usted continúa con los más avanzados.

- Es una buena idea; pero no quiero que te atrases en tus lecciones.

- No me atrasaré, usted verá.

- Está bien, hablaremos luego del tema, poco falta para que lleguen los pequeños.

- Estaría bueno quedarse toda la tarde aquí.

- Sí; pero el piano espera, vamos.

Entre las lecciones de música y las sonrisas de los pequeñuelos corrió la tarde y finalizó el día. Blanca en su cuarto pensaba en Vittorio. Hubiera querido ir al dia siguiente hacia el parque para ver si su amigo aparecía; pero sería sábado e iba a salir con Arturo. Como promesa de costumbre, los fines de semana estaban destinados precisamente al amor de la pareja. Se acercó a la ventana y observó al pintor esmerándose en un cuadro, suponía que era el cuadro del esbelto animal. Quería comprar la pintura para regalársela a su amiga Patricia. Estaba feliz con solamente imaginar la cara de alegría de la pequeña cuando viera a su imaginación convertida en una hermosa pintura. Esta vez los ojos de su cuerpo también podrían disfrutar de su creación mental, su caballo blanco con alas.

- ¡Blanca!

- ¿Señora Beatriz? Corrió Blanca a abrir la puerta de su cuarto.

- Disculpa pequeña, había olvidado darte esta carta, llegó hoy, creo que es de tus padres.

- No se vaya, veremos qué dicen.

Blanca abrió el sobre apresurada y feliz, como siempre cuando recibía noticias de sus padres.

- ¡Vendrán la semana que viene, a finales de la misma!

- ¡Qué buena noticia, al fin los voy a conocer personalmente!

- Son maravillosos.

- Sé que están muy felices por ti Blanca.

- Ellos la quieren sin conocerla señora Beatriz, saben lo buena que ha sido conmigo y cómo ha colaborado con mi aprendizaje.

- Tú eres la hija que yo no tuve.

Blanca besó a su maestra en la frente y cuando cerró la puerta comenzó a saltar en la cama mientras se reía. Salta niña, salta, que estás feliz, vienen tus padres a verte, hablaba en voz alta. Todos llevamos un niño dentro, dice mi amigo Vittorio, yo llevo una niña dentro. ¿Qué adulto me va a decir que no es sabroso saltar en la cama? Esa es una de las mejores experiencias que recordamos de la niñez.

15

- **Arturo, no sé qué** le ha sucedido a mi amigo Vittorio, he ido dos veces al parque esta semana y no lo he visto.

- ¿No tienes ningún dato de él?

- Sólo que es abogado.

- Pues busquemos en la lista de los abogados de la ciudad. El lunes cuando salga de la Universidad te prometo que haré esa gestión y te llevaré la lista para que busques en ella.

- Gracias, creo que es una magnífica idea.

- Blanca, realmente es muy extraña la actitud de tu amigo. No quiero cuestionar su comportamiento; ¿pero, no te parece raro que nunca dispusiera de tiempo para conocernos a mí y a la señora Beatriz? Siempre ha dado excusas negando nuestras invitaciones.

- No creo que estés pensando que...

- Mi intención no es juzgar al anciano ni imaginar sucesos, simplemente es raro y misterioso.

- Tienes razón; pero ahora lo que más deseo es encontrarlo.

- Te traeré la lista y buscaremos juntos, no obstante no creo que haya muchos abogados con ese nombre, no será difícil encontrarlo. Si se repite el nombre llamaremos y preguntaremos ayudados por las referencias físicas. Tienes también el apellido,

¿verdad?

Blanca lo miró y Arturo asumió por su rostro que no poseía ese importante dato.

- Veremos entonces, añadió el muchacho con desilusión.

Luego de un rato de silencio Blanca decidió cambiar el tema de la conversación y animar el encuentro.

- Te tengo dos sorpresas.

- ¿Tengo que cerrar los ojos?

- No, sólo preparar tus oídos.

- Pues ya están listos para escucharte.

- Conocerás a mis padres la próxima semana y creo que en pocos días ya estaré estudiando violín.

- ¿A tus padres? Al fin conoceré a los creadores de tan hermosa mujer, elogió Arturo con tono romántico mientras le acariciaba el rostro con sus manos y la miraba a los ojos con infinita pasión.

- ¿Qué me dices de las clases de violín?

- ¿No será demasiado entre piano, violín y canto?

- El piano es necesario, en el canto estoy adelantada y adoro el violín.

- ¿Quién te impartirá las clases de violín?

- ¿Recuerdas el pintor del que te hablé? El señor que puedo ver desde la ventana de mi cuarto.

- Sí.

- Pues él será mi maestro...bueno, eso espero, tengo pendiente una respuesta.

- ¿No es pintor?

- Y también violinista.

- ¿Cómo lo supiste?

- Es una larga historia. Vamos, te cuento en el camino.

Anduvieron las calles de la ciudad y conversaron mucho aquel fin de semana. Aunque no hablaron más sobre Vittorio, Blanca se preguntaba dónde estaría y Arturo por qué la actitud del anciano era tan extraña.

16

- **¡Su puerta es bellísima!** Creo que es una obra de arte hecha en madera, pensó frente a la puerta del pintor que golpeó varias veces.

- Hola, Blanca.

- Creí que no me escuchaba, por eso toque tanto, disculpe si molesté.

- Realmente no escuché hasta que diste el último golpecito con tus manos. Puedes pasar.

- Gracias.

- Ya tengo el horario para ti, le dijo el violinista mientras cerraba la puerta

- ¿Cuánto debo pagarle por clase?

- No he pensado al respecto, no te preocupes por eso ahora.

Blanca quería insistir y este hombre no era fácil de contradecir, se mostraba bondadoso pero era algo introvertido.

- Adelante, quiero enseñarte el cuarto de música.

Ella lo siguió por un largo pasillo bien iluminado hasta una puerta que estaba al fondo del mismo. Al entrar los ojos de Blanca brillaron sin poder ocultar su emoción, era majestuoso, más bello que la puerta de entrada de la casa, que parecía una obra de arte. Tenía un piano enorme, violines y muchos cuadros en las paredes. Blanca pasó mucho tiempo detallando el lugar y el hombre no la interrumpió, tenía fotos con grandes concertistas y cantantes de ópera.

- Acaso este señor es...

- Sí, le respondió sin dejar que terminara.

- El canta maravillosamente, es como un ángel gigante que estremece los cielos y los mares con su voz.

- Canta con el alma más que con su voz. Ama lo que hace, cada canción que entona es amor, bondad, belleza.

- Cuando yo lo escucho cierro los ojos y me parece que existo de otra manera. Es realmente un ídolo para mí. ¿Cómo se sintió cuando tocó con él?

- Afortunado, es un gran amigo también.

- Creo que si alguna vez puedo conocerlo y trabajar con él aunque sea por un día, seré tan feliz que mi música tocará todos los corazones del Universo.

- Ese es el trabajo que debe hacer cada cual en el tiempo que tenemos un cuerpo. Hacer lo que amamos para ayudar a la humanidad.

Blanca lo miró con ojos de niña y pensó cómo cada persona a su alrededor tenía conceptos parecidos.

- Cuando comencé a estudiar música, continuó el hombre, soñaba con ser famoso y más que tocar para los demás y para mi corazón, comencé a tocar para mi ego. En lo que nunca me equivoqué fue en que adoraba la música; pero la ambición de la fama, sin darme cuenta, comenzó a bloquear mi empeño. Un día me dije que quería sentir el sincero impulso de hacer y pedir por los demás. La oración nace en el corazón, no en los labios, de nada te vale pedir por algo o por alguien si en tu corazón no existe esta petición. Entonces decidí contarle a Dios que pretendía que surgiera en mí un sentimiento más humano hacia el resto de las personas...acalló su voz por unos segundos mientras caminaba hacia un bar situado en la esquina de la habitación para servirse una copa de vino, parado allí prosiguió y luego regresó para sentarse junto a Blanca... Al poco tiempo estalló la segunda guerra mundial y por consiguiente el establecimiento del fascismo. Cuando tuve ante mis ojos lo que era el verdadero desgarramiento y el dolor humano fue cuando lloré sin consuelo posible. No sólo mis ojos se tornaron tristes, mi corazón, mi cuerpo, mi alma, también temblaban ante el exterminio. Desde aquel momento, hasta rasgar la hoja de una planta me pareció un maltrato. Había llenado mi corazón de amor por la humanidad, de amor por los desconocidos, porque lo importante era su condición de seres humanos. Comencé a dar gracias hasta por cada gota de agua que pudiera estar filtrando el techo de mi casa. Comencé a ser más amable y colaborador y finalmente comencé a crear música con el propósito de ayudar a los demás, pensando en el amor y no en mi ego. Una tarde de viaje para Francia, unos años después de la guerra, la señora que viajó a mi lado en el avión me dijo: "Su música es para mí un río de amor y mientras la escucho alivia el dolor perpetuo que me acompaña". En una conversación más adentrada con la mujer, supe que su hijo había sido convertido en botones en el campo de concentración y su marido había muerto por las torturas. Lloré más que la propia anciana y me prometí que continuaría ayudando a todos a través de lo que me gustaba hacer, la música. Entonces fue cuando, sin perseguirla, logré fama y amor por parte de las personas que me escuchaban, me sentía feliz de lo que hacía para la humanidad. Cambió el rumbo de mis ambiciones, no me importaba el éxito que podía tener, me importaba el impacto positivo que estaba causando en los demás. La música sirve mucho para soñar despierto y cuando se sueña despierto entrenas a tu mente para alcanzar lo que en ella depositas. Tengo dinero suficiente, vendo algunos de mis cuadros hechos con amor, más todo lo que tengo ahorrado. Mi esposa murió hace tres años y mis hijos salieron a estudiar fuera del país, se enamoraron, se casaron y viven y trabajan felices. No necesito cobrarte, haré de ti una excelente violinista si así lo deseas. Quise ayudar a mi buena amiga Francis; pero levantó demasiados obstáculos en su camino, por supuesto que no la he dejado de querer por eso y cuando decida derribar los muros que ella misma edificó, aquí estaré para impulsarla en sus sueños. A ti Blanca, lo único que te pido es disciplina.

Blanca quedó con la mirada perdida en su interior, palpaba cada palabra que el músico y pintor le había dicho y permaneció sumergida en un profundo silencio por varios minutos. La interrumpió el hombre.

- He terminado el cuadro del caballo con alas.

Blanca despertó su ánimo después de pasear por la historia de Andrés con la mirada fija en un punto del salón y observó la pintura que estaba frente a ella. Con el lienzo ya situado en un hermoso marco, la detalló detenidamente con una sonrisa y vio que al final en una esquina decía: "PARA LA PEQUEÑA PATRICIA".

- Me conmovió sinceramente que hubieras venido a mi casa a hablar de música y antes de hacerlo hayas pensado en tu amiga. Llévale la pintura. Es un regalo, no tienes que pagarme.

- Gracias señor Andrés, muchas gracias, me encargaré de que Patricia le venga a agradecer.

- No, dile que un ángel vino a traerle este regalo a través de ti, colabora con su imaginación.

- Es usted un hombre de gran corazón, no sé como expresarle el valor que han tenido para mí sus palabras.

- No es necesario, tu lenguaje facial me tradujo tus sentimientos. Puedes comenzar mañana mismo si deseas. A las 7:00 de la noche te estaré esperando y si no tienes violín yo te prestaré uno de los míos.

- Gracias una vez más, señor Andrés. No sólo es usted un gran maestro de la música y la pintura; sino también un instrumento del valor y del espíritu humano. Llorar es de hombres valientes, dice siempre mi padre. La experiencia que me ha contado es realmente conmovedora y debe ser gratificante sentir por la humanidad tanto amor, amar al desconocido, amar al callejero. Regreso a casa ilusionada con la vida, lo admiro. Deseo que pase buenas noches, le llevaré el cuadro a Patricia ahora mismo.

- Te acompaño.

- ¿Pero entonces le dirá que usted...?

- No, sólo te acompañaré hasta su puerta y cuando abran me marcharé discretamente. Sola no podrás con la pintura, el marco es un poco pesado.

17

El pintor llevó el cuadro hasta la puerta de Patricia, luego esperó un poco distante a que abrieran y se fue.

- Hola señora, es un poco tarde, discúlpeme, es que traigo una enorme sorpresa para Patricia.

- Adelante muchacha, le respondió la madre de la niña.

Ayudó a Blanca a entrar la pintura pero no preguntó. Sin decir nada más, la dejó en la sala y se dirigió al interior de la casa. En pocos minutos Patricia salió semidormida con la cara rosada y una pequeña almohada entre sus brazos.

- Hola Patricia.

- ¡Blanca!

La niña corrió hacia Blanca y la abrazó, se sentó en sus piernas y recostó la cabeza en su hombro. Aquella escena hubiera sido perfecta para confeccionar otro cuadro.

- Patricia, despierta, te he traído una sorpresa.

- ¡Para mí!

- Sí, un ángel me ha entregado algo para ti, le dijo bajito.

- ¡Un ángel! ¿Cómo se llama?, preguntó la niña.

- Se llama Andrés. Ven, cierra los ojos.

Patricia tapó sus ojitos con sus diminutos dedos y Blanca la tomó del brazo.

- Ya puedes mirar.

La niña quedó envuelta en la fascinación, abrazó el cuadro súbitamente y gritaba: "mi caballo con alas, mi caballo con alas". Se sentó en el piso para quedar más en paralelo con la pintura y admiraba cada trazo de la misma. Las lágrimas se destilaban por su carita. Blanca miraba a la madre que tenía las manos en la cara, atrapada también por la sorpresa. Hubo mucho silencio, nadie quería hablar para respetar el impacto causado en Patricia por aquella pintura del protagonista de sus sueños. De repente se paró, miró a Blanca y la abrazó fuertemente.

- Ya no eres mi amiga, eres mi hermana grande.
- Y tú eres mi hermana pequeña.
- ¿Dónde vive el ángel? Quiero darle las gracias.
- El vive en todos lados, incluso aunque tú no lo veas siempre está contigo, guiándote y protegiéndote.
- ¿Por qué, tú lo viste?
- El quiso que yo lo viera, era necesario para poder entregarte la pintura. Pero su mundo es invisible e infinito.

Miró la pequeñita al aire y dijo: ¡Gracias ángel Andrés, mi ángel de la guarda!

La madre y Blanca llevaron el cuadro a la habitación de Patricia, ella quiso dejarlo en el piso para poder mirarlo mejor y estar más cerca de él.

- Ahora no dormiré sola, tengo a mi caballo y a mi ángel, que aunque invisibles, existen.

Blanca se marchó a su casa y corrió a contarle a su maestra sobre lo ocurrido y ésta quedó también cautivada por la iniciativa del pintor. Le contó sobre su conversación y las clases de violín.

18

La semana se fue de prisa, entre lecciones y actividades cotidianas. El jueves bajo el sol reluciente, Blanca fue al parque y se sentó en el banco acostumbrado a conversar con Vittorio, esperó una hora pero él nunca apareció. El viernes regresó y se sentó bajo el árbol donde habían conversado una vez y esperó hasta que el crepúsculo se hizo dueño del tiempo. Lloró y pensó que había perdido a su consejero para siempre; pero la sensación de que él estaba cerca era evidente más allá de sus sentidos.

Arturo le había traído una lista de abogados, pero el nombre de su consejero no aparecía en la misma. A pesar de todo estaba contenta, porque había comenzado sus lecciones de violín. En las mañanas tenía las lecciones de piano y canto con su maestra, luego cocinaba y preparaba otras actividades del hogar, en las tardes impartía clases a los principiantes, entre los cuales estaba Patricia, ayudaba un poco a la profesora con los más avanzados y en las noches, a las 7:00, se iba a casa de su otro maestro. Estaba feliz y llena de encantos e ilusiones. Saltaba y cantaba entre las calles hablando con su niña interior y conversaba mucho con su nueva amiga Patricia. Los fines de semana estaban dedicados a Arturo; pero el de esta semana sería mayormente para sus padres. Estaba esperando en el andén, ya era casi la hora de llegada de sus padres y Arturo estaba junto a ella.

- Blanca quiero que te cases conmigo.

Ella lo miró con una sonrisa llena de asombro y alegría.

- Hoy quiero hablar con tus padres. Yo te amo y quiero verte todos los días, conversar contigo y abrazarte también todos los días. Eres un ser humano especial para mí y te adoro. Quiero ver a nuestros niños crecer y amar la belleza del mundo y de nuestro hogar.

Blanca lo abrazó sin decir palabras y un beso fue su aprobación.

- Hablaremos con mis padres para darles la noticia. Yo también te amo y quiero que la comunicación entre ambos sea siempre muy fluida, ya que en la vejez cuando la belleza de los cuerpos se opaca, el diálogo se vuelve aún más importante e interesante.

El sonido vibrante del tren estaba cada vez más cerca e hizo voltear el rostro de ambos en su dirección. Se acercaba la masa de hierro que traía en su interior a los padres de Blanca. Parados en el andén miraban hacia todas las puertas una vez que paró el tren. Blanca alzaba la cabeza para verlos llegar, bajaban muchas personas y sus padres no aparecían, comenzaron a nublarse sus ojos y varias lágrimas silenciosas humedecían su rostro.

- ¡Blanquita!

Una fuerte voz le hizo voltear la cara.

- ¡Papi! ¡Papito!

El abrazo parecía interminable, quién iba a decir que la niña que vive en el interior de Blanca se iba a posesionar de su cuerpo. Era un infante colgado del cuello de su padre y casi regresa al vientre de su madre cuando la vio. En estas circunstancias se parecía mucho a su amiga Patricia. Después que paró de llorar y besarlos, con la cara roja presentó a su prometido, quien sonrió y agradó mucho a los padres de Blanca con su rostro sincero.

- He escuchado mucho de ti hijito, se refirió la madre de Blanca a Arturo.

- ¿Sí?

- Es que tengo una palomita que me trae mensajes muy a

menudo para contarme sobre el hombre que hace feliz a mi hija en conjunto con su música.

Ya sé de quién Blanca heredo su imaginación, pensó Arturo con una sonrisa.

Blanca contaba tantas cosas a la vez que tenía que repetir lo dicho para que sus padres pudieran entender. Tomaron un auto y llegaron a la casa en que Blanca había sido acogida con tanto amor. La maestra se había quedado para adornar la bienvenida y preparar el convite. Cuando la madre de Blanca vio a la señora Beatriz la abrazó con agradecimiento y amor.

- Señora es usted para mí tan importante como lo es para mi hija, porque sus manos han cuidado de ella. Gracias.

- Ella es muy amorosa y yo también debo darle las gracias por tener una hija que es para mí una excelente compañía y amiga a la vez.

- Me alegra escucharla señora y no encuentro palabras para mostrarle mi gratitud.

- No importan las palabras, su abrazo me la ha mostrado.

La maestra había preparado una exquisita merienda y luego cuando las mujeres conversaban los hombres fueron al patio.

- Aquel señor es el maestro de Blanca.

- ¿Es pintor?

- Y es violinista también.

- Quisiera conocerlo

- Blanca los llevará, me lo ha comentado.

- Tendremos tiempo, pasaremos una semana por acá. Primero pensé en un fin de semana; pero hace tanto que no veíamos a nuestra hija que decidimos estar un poco más por acá.

- ¿Por qué no se quedan a vivir en la ciudad?

- Donde vivimos es muy tranquilo. Quizás cuando Blanca termine decidamos mudarnos cerca de ella para no separarnos más. Siempre estuvimos juntos; pero era necesario que ella estudiara y no importa la distancia por un tiempo. Después sí me gustaría sentir la voz de mi hija con más frecuencia.

- Señor, le he pedido matrimonio a su hija, yo la amo y quería hablar con usted y la señora al respecto.

El padre enmudeció por un rato y Arturo comenzó a asustarse, no hubo respuesta inmediata por parte de su interlocutor, quien más tarde habló.

- Felicidades hijo, sé que eres todo un caballero, cuando Blanca me habló de ti decidí escribirle a tu padre y pedirle silencio, también la señora Beatriz me contaba sobre tu relación con mi hija, sé que eres un buen ser humano y que quieres y respetas a mi hija. Me gustaría darles la noticia a las señoras.

- ¿Mi padre le respondió?

- Sí, me respondió cortésmente, tal como eres tú.

Cuando el padre les dio la noticia las señoras, muy alegres besaron a Blanca, cuyo rostro estaba feliz y mostraba rasgos de picardía. Al finalizar el día estaban todos exhaustos y a pesar del cansancio se robaron una gran parte de las horas nocturnas para contar anécdotas.

Durante la semana acontecieron varios encuentros familiares, los padres de Blanca estuvieron presentes en varias de las lecciones de piano, canto y violín y también conocieron a Patricia.

- Papi, quiero estar más cerca de ustedes. ¿Por qué no se mudan hacia acá?

- Debo hablar con tu madre, yo también he pensado lo mismo.

- Habla con ella y me escribes para saber. Sé que tendrían que buscar trabajo acá, yo podría ayudar en eso.

- Me dijo la señora Beatriz que tenían la idea de crear una academia.

- Sí papi, la maestra tiene muchos alumnos. Creo que sería muy buena idea agrandar el negocio.

- Al inicio tu decisión de abandonar la medicina me alarmó grandemente. Esperé a que pasaran unos días para responderte, no me quería equivocar en los consejos. Al final nunca lo hice. Tu madre me hizo reflexionar, me dijo que estaba segura de que ése era tu camino y lloró porque nunca olvidó tu insistencia de pequeña para que te lleváramos a recibir clases de música.

Entonces...

- No te pongas triste papi. En aquel entonces no podían pagar mis clases. Ahora en una mejor situación han podido lidiar con mis gastos y también gracias a los ahorros. Ustedes son mis padres y no es casualidad que lo sean, son los perfectos para mí. Gracias a mis años en la facultad de medicina pude conocer a Arturo y ahora puedo inyectar a la señora Beatriz cuando se enferma y cuidar de su salud con un conocimiento más profundo del cuerpo humano.

- ¿Piensas matricular en la Universidad después?

- Eso quiero en un futuro, ahora lo que más me interesa es aprender para lograr excelencia y poder participar en conciertos como siempre he soñado. La idea de la academia me fascina porque podré ayudar a los niños que anhelan ser músicos, incluso con el tiempo podremos extender el negocio y dar clases a adultos y también tener una sección para los niños que los padres no puedan pagarle sus lecciones.

- Tu corazón es enorme Blanquita, cuando naciste una luz intensa alumbró nuestra vida. Nosotros éramos ricos porque el sol nos había regalado una de sus hijas. Tú siempre estabas alegre y tenías la magia de encontrar la belleza en cada partícula de tu alrededor. Siempre fuiste muy responsable, tanto, que lo único que no te gustaba era que te llamáramos niña.

Blanca sonrió y recordó a Vittorio.

- He comprendido papi que todos tenemos un niño en nuestro interior y aunque está presente en muchas de nuestras acciones diarias ignoramos su presencia, alguien muy especial me hizo valorar su existencia. También he comprendido que la verdadera madurez radica en nuestro equilibrio interno. Me puedes decir niña si quieres.

- Blanquita hay tanta belleza en tus palabras que me voy tranquilo y cada día doy gracias a Dios por mi hija. ¡No conozco ese amigo especial!

- Salió de la ciudad, por eso no podrás conocerlo ahora, le respondió Blanca sin saber qué decir ciertamente.

19

Tras una semana de emociones intensas sus padres se marcharon. Iban felices, cautivados por el empeño de su hija en alcanzar sus sueños y por su maravillosa sabiduría.

Blanca quedó un poco melancólica y a la vez contenta por los acontecimientos. Ahora debía esperar por el esposo de la señora Beatriz para decidir sobre la academia. Estaba enamorada de la idea y sabía que era posible, le encantaba enseñar a los niños y ver cómo éstos crecían y aprendían la música.

- Hola, profesor Andrés.

- Buenas noches, Blanca. ¿Ya se fueron tus padres?

- Sí, ayer en la tarde.

- Se veían muy contentos.

- Sí, la alegría de ambos era contagiosa. Señor Andrés, no tuve oportunidad de comentarle la reacción de Patricia cuando vio el cuadro, parecía que tenía a Dios ante ella. Creo que la emoción no cabía en su diminuto cuerpo, ahora cree que tiene un ángel con el cual conversa y le pide consejos infantiles. No ha dejado que cuelguen la pintura en la pared, dice que quiere estar más cerca de ella. Creo que si pudiera la acomodaba en su cama para dormir abrazándola toda la noche.

- Todos tenemos un ángel que nos guía y protege.

- Tengo un amigo que me enseñó que todos tenemos un guía interior.

- Sí, nuestro yo interior. Ese es el sabio que vive en nosotros, nunca, nunca se equivoca. Escúchalo, porque siempre te llevará por el camino correcto y te colocará en el lugar perfecto, junto a las personas precisas para continuar tu camino y cumplir con tu misión. Ese yo interior te hace asumir riesgos que no los verás como tal, porque tu amor e inspiración por lo que quieres será tan grande que llegar será evidente.

- Mi amigo me ha enseñado mucho. Usted y la profesora Beatriz piensan como él.

- Todas las personas están conectadas entre sí, atraemos a nuestra vida a aquellas que son necesarias para cumplir nuestra misión.

- Sí ya sé, nada es casual, todo es causal.

- Atraemos a nuestra vida los elementos necesarios para hacer realidad nuestros sueños si confiamos en ellos. Hay que tener fe, pedir con la convicción de que tu petición ya es real.

- En varias ocasiones mi yo interior me dejó saber que no terminaría la carrera de medicina. La sensación era extraña, como una corazonada y un pensamiento que de pronto surgía sin saber de dónde provenía ni por qué, ya que en ese momento podía estar hasta feliz de mis excelentes calificaciones en la carrera.

- Se le llama intuición.

- Cuando lo veía pintar desde la ventana de mi cuarto surgía en mí un sentimiento de acercamiento. ¿Entonces se puede decir que intuía los momentos actuales?

- Exacto, si analizas tu intuición y la relacionas con los hechos actuales, te darás cuenta de que no es casualidad que yo sea tu vecino, esa condición trae implícito un propósito. Francis apareció en tu vida antes que yo y ella era el eslabón necesario para que llegaras a mí y supieras que era violinista, porque de lo contrario la apariencia te hubiera comunicado que yo era pintor y no músico. Y como la casualidad no existe, no es casual que tú quisieras estudiar violín y ahora yo sea tu maestro, la persona indicada para ayudarte a lograr tus sueños. Tampoco es casualidad que la profesora Beatriz sea tu instructora de piano y canto ni tampoco es casualidad que hayas estudiado medicina por dos años, ya que de lo contrario, hoy Arturo no fuera tu prometido. Y sobre todo no es casualidad que hoy seas estudiante de música, porque en tu pensamiento dibujaste estos hechos. Aquí tienes, éstas son las lecciones de hoy, vamos a comenzar.

20

- ¿Cómo está señora Beatriz?

   - ¿Hoy no fuiste a la escuela Patricia?

   - Hoy no tenía que ir a la escuela, señora Beatriz. Vengo a buscar a Blanca, me ha prometido un paseo después de sus lecciones.

   - ¡Temprano, pequeña!, le dijo Blanca saliendo de su habitación hacia la sala.

   - Anoche contaba las horas esperando la mañana para nuestro paseo. ¿Adónde me llevarás?

   - Es una sorpresa.

Salieron de la casa bajo la mañana soleada, caminaron juntas unos metros y luego tomaron el autobús. La pequeña Patricia alzaba la cabeza para mirar por la ventanilla y los pies le colgaban del asiento. Su cabello iba suelto y sus ojos brillaban. Después de un largo tiempo en el camino llegaron a la playa y se quitaron los zapatos.

   -¡Vamos a recoger caracoles Blanca!

   - Si deseas podemos hacerlo.

   - Llenaré mi cartera de caracoles y los más bellos serán para mi madre y para ti. También llevaré para la maestra.

   - Una vez tuve un collar de caracoles, era muy bonito.

- ¿Y dónde está?

- Se rompió.

Patricia calló, sentía pena de que su amiga hubiera perdido su collar.

- Mira hacia delante Patricia y dime qué vez.

- El mar se pega con el cielo y parece no terminar. ¿Allá vive mi caballo blanco con alas?

- Puede ser que viva allá, el caso es que existe.

- Quisiera un caballo con alas; pero entonces los demás niños querrían jugar con él y mi caballo se enfermaría por el cansancio y mi madre dice que debo compartir mis juguetes con los demás niños.

- Puedes compartir tus juguetes con los demás niños incluyendo tu caballo.

- ¡Pero si no lo tengo!

- Existe en tu imaginación, cuando seas mayor puedes escribir un libro que cuente la historia de tu caballo con alas. Tu historia puede ser tan rica y extensa como el horizonte que tenemos delante, porque así es tu imaginación y entonces cada niño que lea tu libro podrá tener un caballo blanco con alas.

- Tú eres la única que crees en mi caballo con alas, por eso mi ángel guardián confió en ti para enviarme una pintura de mi caballito.

- Creo en tu sueño porque yo también tengo sueños y sé que es posible cumplirlos si uno quiere. Un amigo me enseñó que la imaginación es infinita como lo es el Universo.

- ¿Dónde vive tu amigo?

- Vive en el mismo lugar de tu caballo.

- ¿Entonces no lo conoces?

- Lo conocí; pero desapareció. Lo extraño mucho.

- No te pongas triste, quizás regrese algún día. Además, tú dices que todo lo que existe en nuestra imaginación existe en la realidad.

- Yo sé que no he perdido a mi amigo, es una intuición. Incluso a veces lo siento cerca de mí.

- Los buenos amigos no olvidan a sus amigos, quizás él haga una oración por ti todas las noches y por eso lo sientes cerca.

- Puede ser.

Regresaron a casa contentas después del largo paseo por la playa. El sol les quemaba la piel y cuando doblaron la esquina del callejón vieron que algo sucedía en casa de la maestra. Alguien bajaba maletas y otros equipajes estaban frente a la puerta, varias personas entraban y salían.

- ¡Patricia, creo que ha llegado el esposo de la maestra!

21

El esposo de la señora Beatriz era todo un caballero. Excelente comerciante y hombre bondadoso. Puso cara de abuelo cuando vio a Blanca. Pasaron unos días muy entretenidos, su buen humor hizo reír a la familia y esta vez pasó más tiempo en casa.

Blanca estaba contenta porque se aprobaron los proyectos para la creación de la academia. Comenzarían sólo ellas dos y luego buscarían otros maestros de música para extender las clases a adultos como Blanca había soñado. Estaba feliz y agradecida. Vittorio la había ayudado a decidir por su sueño, cada día interpretaba mejor la música. Como el hombre del cuadro que estaba en casa del maestro Andrés, ella cantaba y tocaba con el alma, porque su inspiración era su poder y su poder nacía del corazón. La academia estaría en el centro de la ciudad, en poco tiempo rentarían el lugar, se comprarían dos pianos y luego otros instrumentos cuando contrataran a los otros maestros. La madre de Patricia controlaría lo concerniente a las matrículas y horarios y el padre de Arturo estaría al tanto de la contabilidad. Blanca pensaba en Vittorio que como abogado ayudaba a los empresarios en los asuntos legales para crear un negocio. Tenían mucha actividad, tanta que tuvieron que tomar unos días para ocuparse de los documentos pertinentes y no hubo clases de piano, sólo de violín para Blanca.

Cuando el esposo de la maestra partió nuevamente besó a Blanca en la frente y le pidió que cuidara de su esposa.

22

- ¡Blanca, Blanca!

- ¿Qué pasa señora Beatriz?, le preguntó saliendo de la cocina mientras preparaba unos exquisitos garbanzos, receta que había aprendido de su madre.

- ¡Ha llegado un paquete de tus padres para ti, es enorme!

- ¡Un paquete de mis padres! ¿Dónde está?

- En la sala, acaba de llegar.

Salió como una flecha y encontró el contenido encima del sofá. Antes que comenzara a romper el papel que lo cubría la maestra se adelantó y le entregó una carta sellada. Abrió el sobre apresuradamente mientras miraba el paquete dominada por la curiosidad. Se quedó parada sin moverse del lugar, desdobló la hoja y se sumergió en el texto.

Querida hija:

Gracias por los hermosos momentos que nos hiciste pasar a tu madre y a mí durante nuestra visita. En esta carta quiero darte el consejo que me quedó pendiente cuando dejaste la facultad de medicina y me alegro de hacerlo ahora y no antes, ya que mi opinión hubiera sido diferente.

Considero que debo felicitarte por tu valentía. Continúa en busca de tus sueños y sé feliz en el camino, no solamente al final. Ama y sé hermosa en tus modales. Conserva la sabiduría que has alcanzado y no olvides compartirla con los demás. Continúa aprendiendo porque la vida es rica y abundante; así como lo es tu imaginación, la cual debes alimentar bondadosamente, porque ella te acompaña y en su espacio no existen límites, todo es posible.

Aquí estaremos tu madre y yo para saborear tus sueños y veremos cómo te deleitas en tus hazañas para hacerlos realidad.

En este paquete te enviamos un instrumento que se convertirá en tu amigo inseparable, cuídalo y úsalo para tocarle al amor.

Tus padres que te adoran.

Blanca lloraba de alegría y agradecimiento. Imaginaba lo que había dentro de la envoltura. Le entregó la carta a la señora Beatriz para que la leyera. Blanca prosiguió con mucha urgencia a abrir el bulto que esperaba en el sofá. Las manos de Blanca agitaban el papel, tuvo que regresar a la cocina en busca de un cuchillo ya que la siguiente capa de envoltura era una caja gruesa que estaba bien sellada. Una vez abierta se encontró con un material que hacia una función protectora. Tirando todo en el piso, papel, pedazos de cartón y el material protector, quedó expuesto ante sus ojos un estuche muy particular que abrió de prisa.

- ¡Un violín señora Beatriz, un acrisolado violín!

Lo abrazaba y suspiraba, porque al igual que le sucedió a Patricia con su cuadro, la intensidad del momento era abrumadora, la emoción no cabía en su cuerpo. El estuche estaba grabado: "BLANCA PALOMO, HIJA DEL SOL".

Por un rato estuvo distraída con la sorpresa y hubiera querido salir corriendo para abrazar a sus padres. Pensó nuevamente en Vittorio, el había sido el motor impulsor de un cambio radical en su vida, él la había ayudado con sus consejos y le había regalado parte de su sabiduría. Salió al patio con el violín para ver si Andrés estaba pintando en la ventana. Le gritó.

- ¡Señor Andrés, señor Andrés!

El pintor se paró de su banqueta y se inclinó sobre el marco de la ventana. Blanca alzó el violín con sus brazos extendidos hacia arriba. Él sonrió abiertamente ante la pintura viva que avizoraba, una escena para dibujar.

- Me lo enviaron mis padres, maestro.

El hombre estaba contagiado con la alegría de Blanca. Detuvo por un instante su labor y salió para felicitarla. En pocos minutos estaba llamando a la puerta de su discípula.

- Mire, señor Andrés, qué hermoso, con filigranas.

- Te felicito Blanca, con él tocarás en conciertos, cuídalo.

- Mis padres han escogido uno de los más afinados, de mejor temple.

El pintor miró a la maestra y ambos parecían cómplices del suceso. Cuando los padres de Blanca pasaron una semana en la ciudad se ocuparon mucho de conversar con los instructores de su hija y el señor Andrés les facilitó el contacto perfecto, la señora Francis. En su tienda compraron el violín, mandaron a grabar su estuche y establecieron un día para la entrega. Adjunto, le confiaron a Francis una carta.

Blanca se excusó y fue a su habitación para preparar una respuesta a sus padres, mientras sus maestros disfrutaban admirando el instrumento.

Queridos padres míos:

Cuán inmensas son las GRACIAS que quiero darles. Les agradezco a ambos la buena voluntad con que se empeñan en estimular mis sueños y contribuir a mis hazañas como ustedes mismos les llaman a mis labores diarias.

Primero quiero dar gracias a Dios por los padres que me ha reservado y después darles las gracias a ustedes por tan hermoso y útil regalo. Les prometo que cada sonido que salga de las cuerdas de este violín será entregado al amor. Gracias por las fuerzas que me dan para que continúe adelante sin desistir en mi empeño. Este camino que sigo es bello e iluminado y mi andar por él es divino. He llenado mi vida de confianza y abundancia. Mi espíritu es sano y entusiasta.

Mis amigos les envían saludos y yo un eterno abrazo y un beso que llegará antes que esta carta, conducido por el viento.

Su hija.
Blanca.

Hizo la función inversa a la de apenas minutos atrás: dobló la carta, la depositó en un sobre, lo grabó con indicaciones de destino y remitente, pegó la solapa semisuelta en el cuerpo de papel rectangular y salió de su habitación para llevarlo al correo. En la sala estaba Patricia con su cara de ángel que acababa de llegar.

- ¡Patricia! Mira el regalo que me enviaron mis padres.

- ¡Es precioso, como mi regalo!, exclamaba la niña con ojos sorprendidos. Tus padres se parecen a mi ángel. También es bella la envoltura y lo que está grabado en ella. ¿Por qué dice: BLANCA PALOMO, HIJA DEL SOL?

- Porque mis padres dicen que soy hija de la luz, como lo eres tú.

- ¿Yo?

- Todos somos hijos de la luz Patricia; pero hay quien la apaga durante su vida y se queda a oscuras hasta el momento de su muerte.

La niña puso cara de no entender y Blanca no pretendió tomar tiempo para una explicación.

- ¿Me acompañas al correo para depositar esta carta?

Salieron las dos de la mano como hermanas traviesas, como niñas, una en un cuerpo correspondiente a su edad, la otra con un cuerpo más grande. Entonaban unas letras musicales y se reían. La maestra las miraba por la ventana y las bendecía.

- Son hermosas, señor Andrés.

- Beatriz, necesito un favor suyo, se apresuró el maestro como si las niñas fueran a regresar al momento.

- ¿Cuál?

- Aquí tiene, necesito que en las lecciones de Blanca introduzca esta pieza, primero en el piano, después en las lecciones de canto.

- Nunca había visto esta composición.

- Nunca ha sido grabada, lo será por Blanca y su ídolo.

- ¿Cómo?

- No le diga, será una sorpresa hasta el último momento. Que estudie y la domine a la perfección.

- Gracias por todo lo que hace por mi pequeña, Andrés.

- Nuestra pequeña, tanto usted como yo nos hemos quedado solos y ella ha sido nuestra bendición. Con respecto a la partitura que le acabo de entregar, simplemente envié una grabación improvisada para que la escuchara mi amigo, lo demás lo hizo ella con su maravillosa y afinada voz y por supuesto también gracias a usted que la ha perfeccionado.

- Guardaré el secreto, jamás imaginará que esta composición la grabará para el mundo.

- Iré a llevarle unas flores a Francis.

Se fue el maestro y la señora Beatriz estaba tan contenta que no sabía como guardar el secreto. De regreso, Blanca impartió clases a Patricia y al grupo de los pequeños del cual se encargaba. Al anochecer fue a casa del maestro y tocó una melodía con su nuevo violín cerrando los ojos frente a la foto del cantante virtuoso que tanto admiraba.

- Esta pieza es para él, es un ídolo para mí y lo respeto por el amor que desprende su alma para el mundo cuando canta. Gracias, señor Andrés, por enseñarme a utilizar este instrumento que no tiene vida sin notas que vibren en sus cuerdas. Gracias por su generosidad.

- Mi alma también se enriquece con tu triunfo Blanca.

El maestro sonreía en su interior, Blanca había dedicado una pieza al intérprete italiano que idolatraba; pero no imaginaba que pronto cantaría con él.

- ¿Por qué sueñas con mezclar tu música con él Blanca?

- Señor Andrés, ya le he dicho, este hombre canta con el alma y su voz llega y derrumba las puertas de mi corazón. Su inspiración me ilumina, me contagia.

La lección se extendió más tiempo esa noche. De camino a casa pensó en levantarse más temprano para esperar a Arturo en la escalinata de la Universidad y contarle sobre el obsequio de sus padres.

23

Se levantó temprano y sorprendió a su prometido, después no se fue a casa. Caminó por la calle en busca de una flor que compró en una esquina. Se marchó al parque y se paró bajo un árbol, comenzaba a llover pero no importaba, bendijo que su pelo perdiera sus ondas naturales y que la ropa se le pegara al cuerpo, tiritaba un poco por el frío. Se quedó estática por unos minutos con los ojos perdidos en una figura imaginaria, no se sabe cuál. Le dio un beso a la rosa y la puso al pie del verde gigante.

- ¿Sabes algo, Vittorio? Nunca he votado una flor a la basura. Cuando mueren sus pétalos, sus hojas y su tallo, la llevo al jardín más cercano y la escondo entre las plantas, porque allí pertenece. Aunque tu cuerpo no esté sigues vivo en mi mente. Tus sabias palabras las recordaré a diario convirtiéndolas en acción como lo he estado haciendo. Si en algún momento fallo, envíame una señal para darme cuenta de mi error. Esta flor es para ti, cuídala, porque aún está viva y cuando muera su textura, vivirá su espíritu, como tú me enseñaste. Gracias por toda tu ayuda.

Hubiera querido que mágicamente apareciera su consejero al darse la vuelta; pero sólo encontró el camino lleno de plantas alimentadas por la lluvia. Se sentó en el banco y miraba hacia el árbol, no veía la flor; pero casi podía respirar su aroma. Como ella y Patricia eran el árbol y la flor, cuerpo grande y pequeño, espíritu y amor infinito en el interior.

- No importa Vittorio, estás en mi interior. Llevo conmigo tus consejos.

Terminando su frase se volteó porque hubo un impulso superior que despertó su tranquilidad; pero también estaba vacío. No importa, en lo profundo de su alma cantó una voz que llenó el vacío que había en el exterior y tuvo una sensación de acierto y alegría. Una intuición, una corazonada.

- No estoy sola, dijo y se marchó.

24

Habían inaugurado la academia. Para sorpresa de la señora
Beatriz y su alumna, el señor Andrés daría clases de violín y como
se había pensado desde el principio, Blanca daría lecciones de
piano y solfeo a los principiantes y la señora Beatriz a los más
avanzados. Estaban contentos y muy ocupados en la organización
del curso. Blanca continuaría sus lecciones de piano y canto en
las mañanas y sus lecciones de violín en las noches. En las tardes
trabajaría en la academia.

- ¿Cómo estuvieron los preparativos hoy?

- Comenzaremos el lunes, Arturo, me alegra que el señor
Andrés haya aceptado nuestra oferta, formaremos un excelente
equipo. Más adelante introduciremos otros instrumentos.

- Te felicito Blanca, ya hace casi dos años que comenzaste a
estudiar música y tu adelanto ha sido extraordinario.

- Gracias, Arturo. Estoy viviendo mi sueño con plena
intensidad y pasión. Me siento inspirada y esta inspiración me
hace sentir que todo es posible.

- Te he traído algo que será de tu agrado, antes de entregártelo
iremos a nuestro lugar mágico. Al lugar donde te di el primer
beso.

- ¿Me puedes adelantar algo de tu sorpresa?

- No.

- Sólo una parte, le dijo con tono de súplica.

- No, lo guardaré intacto hasta que lleguemos.

- Por favor, volvió a suplicar uniendo las palmas de sus manos y acercándolas al rostro.

- No, Blanca.

- Está bien, respetaré tu deseo, no insisto más, agregó ella sonriente con la curiosidad bailando en su interior.

- Está mejor así, rio el muchacho triunfante, sólo te puedo adelantar que es algo bueno.

Blanca lo miró con cara de conocer ese detalle. Comenzaba a bajar el sol. En el camino conversaron sobre música y medicina y sonreían cuando recordaban sus tropiezos de principiantes. El trayecto a la playa fue muy largo; pero al llegar el gozo se tornó extraordinario. En la arena se quitaron los zapatos. A un costado quedaba el puente donde se dieron el primer beso.

- Quiero que cierres los ojos, le pidió una vez que estuvieron en la arena.

Estaban inmersos en el paisaje del hermoso lugar. El crepúsculo dominaba el entorno con colores rojizos que calentaban la tarde. Blanca cerró los ojos y Arturo puso en sus manos un par de anillos de compromiso envueltos en el estuche. Esa tarde se amaron. Sin notarios ni testigos, unieron sus almas y sus cuerpos, el amor reía a carcajadas porque tuvo espacio para respirar todo el viento que soplaba en sus caras con olor a sal. La música era intensa y sonaba sin necesidad de usar instrumentos, porque era la música del amor, de la pasión y la felicidad que saltaba en sus corazones. El mar mandó a callar a sus peces para que los novios celebraran en silencio y sólo el viento se llevara sus palabras para ser guardadas en el horizonte, donde sólo Dios alcanzara a escucharlas.

25

- **Parece que va a** llover, señor Andrés.

- Tengo algo que decirte, Blanca, le dijo el pintor mirando al cielo a través de la ventana del cuarto de música.

El magistral pintor y violinista había esperado todo el día para decir estas palabras. Habían trabajado juntos en la academia pero él decidió esperar a la noche, quería que Blanca disfrutara de la noticia.

- ¿Algo importante?

- En dos meses salgo para Italia.

- ¡Para Italia!

Sin distracción Blanca miró hacia la fotografía de su cantante favorito que estaba detrás del maestro y su voz interior tocaba una música que ella conocía muy bien.

- Tu rostro me comunica lo que imaginas y si deseas confirmar lo que estás pensando te responderé con un "sí". Desde ahora hablaremos con la señora Beatriz para ajustar los horarios de la academia ya que estaremos en Italia por una semana. Tengo un amigo que quizás pueda sustituirme para que no se atrasen los alumnos. Te aconsejo que a tus estudiantes les impartas veinte minutos más de clases diariamente y así podrás recuperar las lecciones de la semana.

Blanca no escuchaba lo que el señor Andrés le decía, estaba creando una imagen en su mente que después vería con sus propios ojos.

- ¡Blanca, Blanca!

- ¿Está seguro que podré conocerlo?, le preguntó sin despegar la mirada de la foto.

- Tal como lo has imaginado.

Blanca corrió a darle un abrazo y mientras sus brazos colgaban del cuello del hombre, lágrimas de alegría corrían por sus mejillas.

- Gracias maestro, gracias, mil veces gracias.

- Desde la mañana tenía deseos de comentarte al respecto; pero quería disfrutar tu alegría sin interrupciones. Sabía que si te daba la noticia no podrías dar clases ni repasar tus lecciones.

- Déjeme ir. No quiero lecciones de violín hoy, quiero salir a gritarle gracias a Dios.

Salió de prisa y en el camino sin rumbo que llevaba daba las gracias a Dios poniendo su mano en el corazón, como le había dicho Vittorio, Dios se busca en el interior y por un momento se detuvo.

- Gracias Vittorio ¡Cómo me hubiera gustado contarte la noticia! Ahora comprendo un poco mejor el contenido de tus charlas.

Salió en busca de su maestra y de Arturo. Luego de contarles a ambos y contagiarles la alegría que llevaba, pensó en Patricia y deseó que de alguna manera el sueño del caballo blanco con alas se hiciera realidad para la niña.

26

Trató de controlar su ansiedad. Empleó su tiempo en estudiar e impartir clases extendiendo las horas de ambas actividades. Le pidió al maestro Andrés treinta minutos más de clases cada día y acordó con sus alumnos los minutos extras para recuperar las lecciones de la semana que faltaría.

- Blanca.

- Vamos Patricia que ya es tarde, los demás alumnos ya casi llegan.

- Blanca escúchame.

- Habla pequeña.

- El maestro de violín se llama Andrés como mi ángel guardián.

- Sí, lo sé.

- Y también pinta. ¿Será que él conoce mi caballo blanco con alas? ¿Fue él quien te entregó mi cuadro? ¿El lo pintó?

- Si quieres puedes preguntarle, le respondió Blanca con voz de cómplice.

- Lo haré cuando termine mi clase, le aseguró Patricia con una disposición de adulta.

Salieron las dos hacia la academia. Blanca miraba a la pequeña Patricia y ésta le recordaba a su niña interior. Amaba a esta criatura llena de fantasías como a una hermana menor y la cuidaba con esmero.

El entusiasmo de los niños durante la clase se escuchaba en los demás salones. Patricia observaba el reloj de la pared contando los minutos y no demoró en correr al encuentro del maestro de violín para satisfacer su curiosidad, tenía muchas preguntas que hacer y estaba ansiosa por las respuestas.

- ¡Señor Andrés!, le llamó parada en la puerta del aula de violín.

- ¡Hola pequeña!, exclamó el maestro mientras imaginaba la pregunta que tendría que responder por la cara de la niña.

- Su nombre es Andrés y es pintor. Mi amiga Blanca me regaló hace unos meses un cuadro y me dijo que me lo enviaba un ángel llamado Andrés, ese es su nombre y también pinta.

- ¡Qué casualidad! ¿Vedad?

- La casualidad no existe.

- ¿Quién te enseñó eso?

- Blanca. No sé mucho lo que significa; pero cada vez que yo digo que ha sucedido algo por casualidad ella me dice: "La casualidad no existe, existe la causalidad". En ocasiones me ha explicado; aunque todavía no entiendo muy bien.

- Es cierto, pequeña.

El maestro quedó callado por unos instantes mientras caminaban para tomar asiento. Pensaba que no sería bueno contarle la verdad a la pequeña, no quería torcer su imaginación y que ella perdiera la inspiración. La niña seguía detrás del pintor. El caballero la invitó a sentarse y ella agradeció, se puso cómoda, luego él la secundó.

- Un día decidí pintar tu cuadro porque un ángel me lo pidió. El ángel me explicó que tenía una niña bajo sus cuidados que soñaba con un caballo blanco con alas que vive en el horizonte. Me dijo que me daría una señal para indicarme quién era la niña. La tarde en que conocí a Blanca estaba terminando la obra, ella la vio y me rogó que se la vendiera, porque conocía a una niña llamada Patricia que soñaba con un caballo blanco con alas. Esa era la señal, qué otra persona podría tener un sueño tan hermoso y particular. En un par de días Blanca regresó para coordinar su horario de clases conmigo y tu cuadro estaba listo, se lo entregué y ella te lo llevó. Realmente el ángel me utilizó a mí para ofrecerte el obsequio, por eso dale gracias a tu ángel y a Blanca.

La niña estaba feliz, su caballo blanco estaba en algún lugar y no abandonaría su sueño hasta encontrarlo. Cuando vio a Blanca le dio las gracias y la llenó de abrazos. Blanca miraba al maestro sin saber qué pasaba.

- Ella te contará, respondió el maestro al rostro interrogante de Blanca.

27

- **Te compré tres abrigos,** le dijo la señora Beatriz a Blanca que estaba sentada en el patio bajo una farola leyendo un libro.

- No tenía que gastar tanto dinero señora Beatriz, estaré solamente pocos días en Italia y creo que son demasiado caros.

- Eres como una hija y quiero ofrecerte el regalo.

- Pero es mucho.

- Ni una palabra más muchacha.

- Gracias señora Beatriz, la voy a extrañar, voy a extrañar mis clases y el ajetreo de los niños; aunque voy a poder palpar una esperada realidad, le decía con la mirada puesta en el aire como si en él estuviera dibujado el futuro. Podré conocer a un mensajero del amor, podré conocer a un hombre enamorado de la música.

- Es sólo una semana.

- No obstante la voy a extrañar. Prométame que con la faena no olvidará comer, volvió a incorporar sus ojos en dirección a la maestra.

- Te lo prometo, vete tranquila y vive tu sueño. ¿Qué dice Arturo?

- Está contento.

- Esa actitud es una prueba de amor, es bueno que él desee que triunfes y no tenga celos de tu éxito.

- Arturo es un hombre muy seguro de sí mismo y desde el principio me apoyó.

- Recuerdo la primera vez que te paraste en mi puerta con aquellos libros de medicina.

- Mi amigo Vittorio me aconsejó mucho.

- ¿Por qué no has traído a tu amigo?

- Usted sabe que lo intenté al inicio; pero siempre estaba ocupado y ahora no sé donde está, hace mucho que no lo veo.

- Si vas a poner cara de niña triste cambiamos el tema.

- Es que cuando comenzamos a querer a una persona y de pronto la perdemos, es como si corrieras detrás de unas huellas mientras éstas se van borrando sin que tus pies puedan alcanzar la última.

- El te ayudó, fue su intención, algún día te sorprenderá.

- ¿Usted cree?

- Cuando menos lo imagines. Vamos a dormir, es mejor que descanses para mañana; aunque mejor te pruebas los abrigos.

- Esta bien, vamos a mi habitación.

Se fueron juntas al dormitorio de la muchacha y la maestra actuaba como una madre ayudando a su hija con el traje de graduación. Se pasaron un buen rato conversando mientras Blanca se cambiaba los abrigos. Todos de fina elegancia. La figura de la muchacha acentuaba su buen corte.

28

El día de la partida llegó como soplado por un viento huracanado. Sus emociones eran múltiples, nunca había tomado un avión, nunca había visitado Italia y el sueño nacido de su pensamiento comenzaba a hacerse realidad en el mundo material. ¿Acaso conocía de antemano las consecuencias de la visita? ¿Acaso imaginaba solamente una parte de la historia por venir? Estaba satisfecha simplemente con la idea de conocer al tenor y escucharlo cantar con el alma.

Tomaron el avión temprano en la mañana. Arturo, la señora Beatriz y Patricia los despidieron. Blanca se mantenía en silencio o hablaba muy poco. Llevaba puesto uno de los abrigos que su maestra le había comprado. Para el señor Andrés el viaje se tornó un poco aburrido, le gustaba conversar con Blanca; pero ella no estaba aliada a las palabras, su impulso estaba en la imaginación.

Entre algunos diálogos cortos y sueltos, la lectura de algunas estrofas de un libro amigo y el aperitivo que puso a funcionar el paladar, aterrizaron en la capital del país de destino. Al llegar, Blanca miraba todo a su alrededor, como si hubiera vuelto a nacer, su cualidad de buen observadora no pasaba inadvertida. Permanecerían en Roma por dos días y luego saldrían para Toscana.

Roma era en su totalidad como un museo, la elegancia y la belleza de su arquitectura exquisita invitaba a zambullirse en la ciudad sin pensar en el trote de las horas. Casi no durmieron por esos dos días, Blanca quería aprovechar el tiempo llenando su mirada con las construcciones y bellos paisajes de la ciudad. El idioma era maravilloso, todo le parecía un verdadero sueño. Andrés se ocupó de contarle un poco sobre el país, la ciudad y sus grandes personajes desde siglos remotos, haciendo el papel de historiador por un par de días. Cuando finalizaron los mismos a Blanca le pareció que había recorrido el mundo entero.

Durante el viaje a Toscana el maestro no tuvo otra opción que entretenerse de otra manera, Blanca, una vez más, no estaba disponible para una conversación, su asiento se había convertido en la cama que no pudo saborear por muchas horas en los días anteriores. Estaba cansada y sus pies pedían a gritos un largo descanso para el alivio.

Toscana le pareció un lugar aún más hermoso, la naturaleza era la reina del lugar y los girasoles enamoraron a la muchacha. Respiró el aire que era puro e invitaba a volar entre sus mantos invisibles a los ojos; pero evidentes al cuerpo y al rostro que blandían. Al día siguiente sería el encuentro.

Se hospedaron en un hotel donde el trato cálido de los empleados hizo que deseara quedarse por más tiempo que una semana. Era perfecto para un reposo corporal y mental. Aquella noche durmió profundamente a pesar de haberlo hecho en el viaje, estaba verdaderamente exhausta, tanto que ni la emoción por ver a su ídolo la desveló.

29

El día del encuentro estaba allí, lleno de sol y girasoles. Una música de las que nace en el infinito tocaba en el corazón de la niña grande. Parada en la ventana cerraba los ojos y le regalaba su faz al viento. Respiró profundamente el aire de la mañana y las lágrimas, llenas de emoción y gratitud, salieron de su alma.

- Gracias, dijo al infinito mirando hacia el horizonte.

Se vistió y la ilusión de niña apareció en su mirada, regresó un rato más a la ventana para mirar el paisaje. Un toquecito en la puerta de su habitación la despertó de su meditación. Al abrir la puerta, el señor Andrés dio un paso hacia atrás por el asombro.

- Además de estar muy bonita no sé cómo te las arreglas para cambiar la expresión de tu rostro de tal manera.

- Gracias señor Andrés, gracias por esta oportunidad.

- Me alegra el silencio que has mantenido por todos estos días; así tienes la voz más reposada para la función de hoy, le dijo avanzando hacia el interior, al mismo tiempo que Blanca se apartaba de la puerta para dejarlo entrar.

La muchacha se sorprendió y se quedó callada esperando una explicación.

- Hoy serás parte de un dúo con tu venerado intérprete, hoy grabarás para el mundo.

- ¿Cómo?

- Felicidades muchacha, aquí tienes el fruto de tus sueños y el empeño por conseguirlos y aún falta mucho más.

- No entiendo señor Andrés. ¿De qué grabación me habla? ¿Qué me está diciendo?

- Que cantarás para el mundo. Aquí tienes la partitura, estoy seguro que no necesitas repaso, me encargué de que la señora Beatriz te la enseñara como lección cotidiana y sé que la dominas perfectamente.

- Por supuesto, adoro esta pieza y ahora entiendo la insistencia de la maestra. Me decía que la misma era perfecta para un buen aprendizaje. Siempre me resultó extraño porque nunca la había escuchado y la señora Beatriz me comentó que su autor era anónimo. ¿Quién es el autor?

- Sí, se la entregué a ella el día en que recibiste el hermoso violín que te regalaron tus padres. Había enviado una cinta con tu voz y me habían pedido que practicaras esta pieza para una futura grabación a dúo. El cantará hasta aquí, se acercó Andrés despacio y señalando en la partitura, tú continuarás y aquí seguirán los dos a dúo.

- ¿Quién es el autor?, reiteró su última pregunta sospechando la respuesta, casi adivinándola.

- ¿Crees que sea necesario que te lo diga?

- No, maestro.

- Vamos entonces, no me gusta llegar tarde.

Una vez más Blanca quedó en silencio, estupefacta por la noticia. Recordó a Vittorio cuando le decía que la reiteración de sus pensamientos eran manifestaciones futuras. Lo sabía y estaba asombrada al mismo tiempo.

- Arriba, Blanca, vamos, no te me quedes ahí parada.

Salieron temprano del hotel, no tardó mucho el recorrido y durante el mismo una vez más Blanca se encontró con los girasoles. Iba como perdida en la luna y el señor Andrés ni intentó conversar, no quería parecer un loco revolcándose en un monólogo no correspondido. En un tiempo no contado por la muchacha el auto llegó a un estacionamiento que se extendía por la parte frontal de una casa. Había varias personas en el lugar. Los dos llegaron antes que él. Las personas la saludaban como si la conocieran, todos eran parte del equipo de grabación. Al rato se escuchó el ruido de un auto en el estacionamiento. Blanca vio que estaba allí y no en una foto, la voz del amor y la pasión. Todos iban, poco a poco, a su encuentro y Blanca se quedó estática en el lugar. Él se acercaba con los demás mientras conversaba alegremente. A pocos pasos de la muchacha charlaba todavía y ella lo miraba, un largo suspiro fue el remedio para no llorar por la emoción, mientras bajaba la cabeza. Estaba frente a él y pronunciando su nombre lo saludó con un beso, el respondió, además, con un cordial abrazo.

- Me alegra conocerte Blanca. Mi amigo Andrés me ha contado mucho de ti, de tus sueños y proyectos. Escuché tu voz y resultó que tú eras la persona que estaba buscando para este dúo.

- No sé qué palabras regalarle en agradecimiento. No puedo describirle mi emoción.

- No importa, cuando cantes y entregues tu alma podrás hacerlo.

Entraron en la casa donde las personas continuaban hablando entre ellas, Blanca sólo lo miraba y callada daba las gracias. Pasaron a una habitación llena de equipos, micrófonos y otros aditamentos. Las miradas decían que ya era la hora, cada cual comenzó a ocupar su lugar, allí estaba Andrés para ayudarla. Blanca caminó hacia su ídolo, que ya estaba en su puesto, el cantante le sonrió. Los directores dieron orientaciones hasta que la música sustituyó las palabras.

Ella estaba a su lado escuchándolo mientras lo miraba, hasta que llegó su momento, entonces él se detuvo deleitándose con la voz de la niña. Luego juntos entonaron la melodía. Allí estaban dos almas enamoradas del amor y de la música, y los sueños de Blanca haciéndose realidad. No hubo que practicar mucho, porque cuando la inspiración y el amor son dueños, la espontaneidad es perfecta. Blanca era como una sirena entregando su voz y su corazón a las profundidades del océano. Experimentaba en su pecho la dicha de esta gran oportunidad y por primera vez sintió verdaderamente cuán importante es perseguir y respetar los anhelos.

Al terminar escucharon la grabación donde se unieron sus voces y celebraron el acontecimiento con un brindis. El rostro de Andrés marcaba la alegría que sentía por el triunfo de Blanca.

30

Esa noche sí se desveló reviviendo cada minuto del día y después recordó a Vittorio. Sintió aún más curiosidad por los principios que el anciano le había enseñado. Gracias al consejero aprendió a escuchar la voz de su interior y a querer a la niña que había en ella. La maqueta de nuestra vida la diseñamos nosotros mismos, se dijo, atraemos lo que pensamos. Mis deseos se han cristalizado porque los imaginé cumplidos, viví el final en mi mente. Vittorio me ayudó a creer en mí misma y cuando uno confía en la belleza que llevamos dentro, triunfamos y comienza a fluir la abundancia en nuestra vida. Mi vida es abundante en todos los sentidos y esa abundancia se manifiesta en el camino que he decidido tomar porque me hace feliz, amo la música que sale por mis poros y continuaré entregándola al mundo.

31

Vive intensamente cada minuto, saborea el presente, no olvides incluir este principio en la receta para tu felicidad, le había dicho Vittorio y eso estaba haciendo por estos días, estaba contemplando el éxito de sus sueños en cada minuto que pasaba y trabajaba por el crecimiento de los mismos.

Los días transcurrieron entre música y exquisitas charlas, entre paisajes desconocidos para los ojos y sabores diferentes al paladar. Había escuchado una grabación con su voz que saldría en poco tiempo para ser disfrutada por los oídos del mundo y también quedaban muy poco días para regresar a casa; pero estaba llena de satisfacción y alegría por los acontecimientos.

Las despedidas prometían nuevos encuentros, iba a estudiar mucho para el próximo proyecto que había imaginado varias veces: el gran sueño de su concierto. Lo había esperado tranquila con mucha paz, fe y esperanza.

- Blanca, ha sido un placer trabajar contigo. Estudia mucho para nuestro próximo proyecto, le comentó su ídolo.

- Yo me siento rebosada de energía. Gracias, usted me ha dado una gran oportunidad y mi admiración hacia usted ha crecido aún más.

- Prefiero que me veas como un ser humano Blanca, no me

midas por el éxito en mi profesión.

- Realmente admiro su hermosa labor como músico y su gran talento; pero lo que más reconozco, precisamente, es que usted es un ser humano que ama lo que hace y con su voz brinda, a quien lo escucha, el amor con que entona cada una de sus melodías, usted es un ángel para muchos como lo es para mí, usted habita en el corazón de las personas, usted trabaja para la humanidad. Lo amo y respeto como ser humano y alabo la labor de ese ser humano en esta vida.

- Gracias muchacha, qué palabras tan hermosas, podrías componer porque tus palabras son poesía. También quiero decirte que admiro la grandeza de tu corazón y tu coraje para perseguir tus sueños.

Miró a su maestro como indicando que parte de sus logros merecían una dedicación especial para el pintor – violinista. El avión no podía esperar mucho más y el diálogo entre aquellos enamorados de la música terminó. Andrés tampoco tuvo mucho que conversar de regreso, Blanca cayó en manos de la imaginación y del sueño. Al despertar comió un poco y volvió a quedarse dormida.

- ¡Blanca, Blanca, despierta!, le susurraba el maestro Andrés y le agitaba el hombro con apuro.

- ¿Qué pasó?, le preguntó semidormida.

- Ya llegamos.

Afuera esperaban ansiosos Arturo y la maestra, la muchacha contaría las novedades, no alcanzarían las horas restantes hasta el amanecer para contar anécdotas. Fueron los primeros en bajarse del avión y pronto estaban en el salón de espera.

- ¡Arturo!

- ¡Blanca!

- Tengo mucho que contarte.

Mirando a su maestra y sin decir palabras la abrazó por largo rato, como dando las gracias por todo el amor que la mujer había puesto en cada instrucción dedicada a la niña grande.

- Arturo y yo hemos preparado en casa una sorpresa para ti,

le dijo Beatriz.

Por el camino no hubo espacio para el silencio y Andrés reía contento y miraba a Blanca nuevamente con cara de padre satisfecho y orgulloso por los triunfos de su discípula. Llegaron a casa como llevados por la rápida varita de un hada.

- ¡¡Sorpresaaaa!!, se oyó al abrir la puerta; pero la oscuridad repentina no dejaba ver quienes entonaban la palabra extendiendo su última vocal.

Este coro estaba integrado por voces conocidas. La luz se encendió y Blanca vio a sus padres, a la pequeña Patricia junto a su madre señalando un lindo pastel y una caja envuelta adornada con lazos. Muchas más emociones se suscitaron aquella noche, entre todos le habían comprado a Blanca una maravillosa y útil enciclopedia de música. La muchacha no sabía cómo agradecer tanta bondad.

No sólo Blanca trajo impresionantes noticias, sus padres también aportaron novedades, pues habían decidido acercarse y vivir en la ciudad y la madre le anunció que la ayudaría en los preparativos de su esperada boda. Tendría mucho que estudiar para sus planes futuros y contaría con el apoyo de Arturo, su familia y amigos.

- Ya es tarde Blanca, me marcho a casa. Mañana no tendremos clases, disfruta un poco con tu familia y descansa.

- Mejor diga, Andrés, disfrutemos con nuestra familia, usted es también parte de ella. ¿Sabía que la familia no está dada por la sangre sino por el afecto?, le hizo una seña de complicidad con su cara porque sabía que el maestro interpretaría lo que decía. Mañana me gustaría que esté aquí. Usted no es solamente un maestro de música para mí, usted es un maestro que me ha regalado parte de su sabiduría y generosidad y eso es muy valioso. Me ha entregado amor en su enseñanza y he aprendido a quererlo como una niña inocente que ama sin condiciones, porque realmente así lo quiero. Cada uno de los que está en esta sala es perfecto para mí, sus defectos son perfectos para mí, la humanidad es perfecta, eso me lo enseñó usted, ¿recuerda?

- Dile a tu niña interior que tengo en casa un buen libro que regalarle.

- Se lo diré. Ella también quiere que este aquí mañana.

- Dile que me espere temprano.

- Aquí estará esperando por usted.

- Buenas noches, Blanca.

- Buenas noches, maestro.

32

La mañana les regaló un cielo claro y soleado para la iniciativa que tomaron al levantarse. Se fueron todos de picnic a la playa donde Patricia iba con Blanca a recoger caracoles y mirar desde lejos la casa de su caballo con alas. Todos llevaban un paquete, las dos niñas, Arturo, los maestros, los padres de Blanca, la madre de Patricia y hasta los padres de Arturo que también celebrarían en la arena.

Allí estaba la familia tendida en la arena disfrutando el presente. Por un momento quedaron compartidos en diálogos, los padres de los enamorados conversaban entre sí, la maestra y la madre de Patricia comentaban acerca de la pequeña, Arturo y el pintor hablaban sobre el viaje a Italia y las dos niñas caminaban por la arena.

- Ves Patricia, allá, nuestra familia.

- Sí, la veo, todos conversan.

- Olvídate por un momento de nuestro parentesco con ellos. Los niños quieren a los demás sin importar que su amigo pertenezca o no a su árbol genealógico.

- ¿Que es un árbol gene...?, preguntó la niña sin alcanzar a pronunciar la palabra por la extensión de sus letras tejidas.

- Es la relación en cadena de tu familia; o sea, una relación de tus parientes en línea directa y colateral.

- Tú no perteneces a mi árbol gene...

- Genealógico.

- Bueno, tú no perteneces a mi árbol de parientes, sin embargo yo te quiero y no me interesa que no seas hija de mis padres para que seas mi hermana.

- Olvidé por un momento que hablaba con una niña, cómo tratar de hacerte comprender lo que ya tienes incorporado en tu corazón. No obstante cuando vayas creciendo no te olvides de esta conversación y recuerda que la humanidad es tu familia, esto te ayudará a respetarla y entenderla.

- ¿Aprendiste eso en Italia?

- Lo he aprendido de varias personas y por experiencia. En Italia aprendí a amar aún más el amor.

- Qué enredo, a veces no te entiendo. ¿Cómo es eso de amar aún más el amor?

- Quiero decir que he aprendido a ver el amor en todos lados. Todo lo que llega a tu vida depende de cómo veas el mundo, porque antes de ver el mundo con los ojos de tu cuerpo lo miras primero con los ojos de tu mente y tu corazón. Sacamos afuera lo que llevamos por dentro y no al revés. Si ves amor a donde quiera que vayas y entregas tu amor, recibirás amor. No existe la casualidad, todo es causal, todo lo que entregas te regresa al doble como efecto de lo que entregaste, que es la causa de lo que recibes.

- Entonces si amo a mi caballo, él me ama.

- Sí. Incluso, ama sin condiciones. El Universo te ama sin condiciones, él no conoce el desamor, no tiene límites para amar.

- ¿Por eso no tiene una pared?

- Incluso imagina que hubiera una pared. ¿Qué habría detrás de ella?

- ¡Más Universo!

- Entonces como imaginas, no hay fin.

La tarde era cálida y rojiza, disfrutaron del encuentro. Blanca y Arturo desbordaban su felicidad, en pocos días se casarían. Ella se prepararía para el concierto que ya estaba diseñado en su mente.

33

- **Buenos noches señor Andrés.**

- Buenos noches Blanquita. ¿Cómo le va a tus padres?

- Todavía se están organizando, vengo de ayudarlos.

- ¿Te mudarás con ellos?

- Acordamos que no, me quedaré con la señora Beatriz hasta que me case, solo faltan unos días. Mi madre la quiere y considera. Creyó justo que viviera con ella hasta mi boda. Luego mi madre la ayudará ya que se han hecho grandes amigas.

- Me alegra.

- A los maestros se quieren mucho señor Andrés, nos educan y siempre están pendiente de nuestro crecimiento no solo como estudiantes, sino como seres humanos y esa obra es maravillosa. Estoy verdaderamente agradecida. La señora Beatriz es una de esas maestras que entregan todo su amor y buena voluntad a sus discípulos.

- Realmente ella es especial, le respondió el maestro haciendo una pausa para proseguir. ¡Agitada la academia hoy!

- Sí, muy agitada. Maestro, lo que dije anteriormente también lo incumbe a usted.

- Lo sé, los maestros también estamos agradecidos de nuestros alumnos, porque son el fruto de nuestro trabajo. Ven, quiero mostrarte algo.

Caminaron un poco dentro de la misma habitación y se quedaron parados frente a una figura rectangular sostenida en un trípode.

- ¡Es una pintura!

- ¿Qué vez?, le preguntó el maestro a su alumna levantando la tela semitransparente que cubría el lienzo, calzado temporalmente en un rústico marco de madera.

- Una niña vestida de blanco en medio de una exuberante vegetación, con un libro en una de sus manos, la otra la oculta en su espalda, como si escondiera algo. Puedo ver una parte del objeto que sostiene; aunque no se muestra que es. Lo más interesante es la paloma que está posada en ese pedazo de objeto que se deja ver.

- ¿Qué más?

- La niña tiene cara de interrogación, como si estuviera tomando una decisión, está descalza.

- ¿Qué más?

- Soy yo, le dijo Blanca sin despegar la vista del lienzo, esa es mi niña interior, queriendo dejar marchar libremente la carrera de medicina para sacar a la luz un sueño oculto sobre el cual tiene una paloma, símbolo de paz y amor, ese sueño es parte de su triunfo como ser humano porque ama a ese sueño. Está decidiendo, la exuberante vegetación es un símbolo del Universo, un símbolo de Dios, Él lo creó todo. Ella no está sola, está precisamente ayudada por el Universo que ha escuchado su petición una vez que la ha deseado con el corazón.

Hubo un silencio y el pintor sonrió ligeramente.

- Mañana le termino algunos detalles. Cuando tu voz interior te indique que debes cambiar una situación en tu vida y el miedo te paralice, mira este cuadro y recuerda la decisión que tomaste una vez para darle vida a un sueño que te ha hecho triunfar, sobre todo como ser humano porque vives en paz contigo misma. El verdadero triunfo es ese, la paz interior, cuando estás en paz contigo misma estás en paz con la humanidad y todo fluye libremente.

- ¿Cómo agradecerle? No me alcanzaran los días de mi vida para contar su bondad.

- Recuerda que esto me hace feliz, esta es mi forma de ayudar a la humanidad y siento que crezco espiritualmente cuando trabajo para los demás. Amo la pintura, amo la música y esto que hago con inspiración es creado por el Universo, solo que utiliza mis manos para crearlo.

Blanca no movió sus labios, sólo su pensamiento, volvió a encajar la mirada en la pintura y dio gracias por la presencia de este hombre en su vida. Pensó en Vittorio y recordó de pronto que no estaría mal darse una vueltecita por el parque.

- Vamos Blanca, hay que practicar, vamos a estudiar el violín, es bueno que te prepares desde ahora, no dejes nada para final.

El maestro caminaba mientras hablaba y la muchacha continuaba parada, esta vez, con la vista perdida en su interior. Otro llamado del maestro la hizo despertar y salió de prisa para el cuarto de estudio donde volvió a ver la foto de su ídolo.

34

Se había casado con Arturo en una ceremonia simple pero inolvidable. La música colmó el salón donde familiares y amigos reían y lloraban de emoción escuchando su afinada voz cantarle al amor.

Había vuelto al parque en dos ocasiones y no encontró rastro alguno de Vittorio. Estudiaba y trabajaba por la música, también practicaba para su concierto. Tenían diseñado el programa para adultos y para los niños que no podían pagar las clases. También faltaba muy poco para regresar a Italia. Había colgado el cuadro que Andrés le regaló en el cuarto de música de la nueva casa donde vivía con su esposo.

- Nos iremos a Italia, Andrés, Beatriz, tú y yo. Luego dos días antes del concierto irán nuestros padres.

- Trabajo y vacaciones juntos.

- Así es.

- Patricia te va a extrañar.

- Sí, lo sé, debe quedarse por su escuela.

- ¿Qué van a hacer con la academia?

- Un amigo de Andrés impartirá las clases de violín y la madre de Patricia cuidará de todo lo demás. Aún no sabemos quién podrá sustituir las clases de piano y canto.

- ¿Volviste al parque?

- No, Arturo, seguiré llevando a Vittorio en mi corazón, muy dentro de mí. La sabiduría que se empeñó en entregarme será su presencia invisible en mi interior.

35

En esta ocasión el maestro tuvo con quien conversar durante el viaje a Italia porque contaba con la presencia de la señora Beatriz, no obstante Blanca se mantuvo despierta y muy locuaz. La imagen que había alimentado se cristalizó e iba a suceder en el mundo material. El tiempo pasó muy rápido, ya estaban en Italia nuevamente.

Llegaron al aeropuerto y luego los llevaron a una casa grande. Algunos días de práctica agotaron un poco a Blanca; pero su felicidad era más poderosa que el cansancio. El concierto sería en Roma, irían a Toscana después del mismo.

36

El día del concierto ya era real, ya no vivía solamente en su imaginación, podía palparlo con su cuerpo y su corazón. Llevaba puesto un largo vestido blanco que adelgazaba aún más su figura y adornaba tiernamente su belleza. Su dulce rostro se mezclaría con su voz y el sonido del violín.

El teatro estaba repleto, nunca antes había visto la niña tal conglomerado humano. Esperaban todos por su música y su entrega de amor. El entorno era tan hermoso que parecía que el cielo cubría el escenario. El murmullo cesó de pronto cuando el presentador anunció el comienzo. Blanca y su ídolo estaban juntos detrás de las gigantes cortinas que los hacían lucir diminutos. En pocos minutos el silencio fue el precedente de un sonido que parecía salir de la garganta de una sirena desde lo más profundo del océano.

Había dos seres regalándole al Universo su alma y su emoción por la música. Blanca cantó al inicio junto a él. Mezclaron sus voces y al final del concierto afinó su violín para el mundo. Estaba feliz porque navegaba en sus sueños. La muchacha derramó lágrimas con su inspiración y hasta la noche se sintió dichosa al escuchar la nueva melodía que llevaba el viento, quizás el árbol del parque, el caballo blanco con alas de Patricia, el horizonte y todo lo que comprendía el Universo, reservaron su oído para esa noche y hasta Vittorio podría estar escuchándola.

El concierto tomó más de dos horas y algo inmensamente extraordinario para Blanca sucedió cuando las cuerdas de su violín desbordaron las últimas notas y el público se puso de pie para aplaudir a los músicos. Alguien conocido estaba entre los asientos, alguien que había colaborado para que ese día fuera posible, alguien que le hizo abrir los ojos y contener su respiración cuando parada en el escenario percibió su presencia. Las cortinas comenzaron a cerrarse y ella corrió de prisa en busca de ayuda.

- ¡Armando, pronto!, llamó Blanca apresurada a uno de los coordinadores del evento.

- ¿Qué sucede?

- Necesito su ayuda.

- ¿En qué puedo servirla? ¡Está asustada! No tiene nada que temer, estuvo perfecta, le refirió el coordinador con mezcla de alegría e interrogación, mientras el tenor se adaptaba a la situación en busca de lo que estaba sucediendo por el comportamiento de Blanca.

- ¿Ve a aquel hombre que está en la tercera hilera del centro, en la segunda butaca de izquierda a derecha?, le señaló apuntando hacia el hombre, escondida detrás de la cortina y levantando sólo una porción de los laterales de la pesada tela.

- Más o menos Blanca, hay demasiadas personas.

- Corra, ya se va, por favor necesito que lo detengan. Es alto, canoso, aparenta unos sesenta años. Lleva un traje azul oscuro o negro, no distingo bien desde aquí.

- ¿Qué le ha hecho?

- Nada, ahora no puedo explicar. Vaya a la puerta Armando, no lo dejen escapar por favor. Se llama Vittorio.

El señor Armando y los encargados de la función corrieron en busca de la persona descrita por Blanca. Armando esperaba en la puerta de salida con los encargados de seguridad. Blanca esperaba inquieta sin saber cómo colaborar, estaba más nerviosa que en la propia función.

- ¡Arturo, lo vi!, le dijo cuando se dio vuelta y vio a su esposo acercarse. Su ídolo continuaba tratando de interpretar qué sucedía.

- ¿A quién?

- A Vittorio.

- ¿No había desaparecido? ¿Qué hace aquí en Italia?

- ¡Lo vi!

- ¿Y si lo confundiste con otra persona?

- Estoy segura de que era él.

- ¿Qué te sucede Blanca?

- Papi, vi a mi amigo Vittorio que había desaparecido.

- ¿Dónde?

- ¡En el público!

- ¿Quién es Vittorio?, preguntó el tenor sin entender qué ocurría y queriendo ayudar sin saber de qué manera.

- Alguien que me ayudó a llegar hasta aquí, le respondió Blanca.

- Vamos a buscar entre el público que queda en la sala, danos la descripción hija mía.

- Busquen sin aspavientos, puede asustarse y alejarse.

Su familia ayudó en la búsqueda y ella se quedó detrás de las cortinas junto a su ídolo que decidió colaborar buscando en los interiores. Nerviosa esperaba sin saber dónde buscar. De pronto se quedó sola en un silencio inerte.

- ¡Blanca, niña hermosa!

El llamado fue como un golpetazo en su corazón.

- Conozco esa voz; aunque pasen muchos años no la olvidaré, dijo sin voltearse.

- Porque siempre ha estado contigo esa voz. Gracias por la rosa.

- ¡Vittorio!, exclamó la muchacha dando la vuelta y corrió hacia él para colgarse del cuello del anciano como lo hacía del de su padre.

Mientras se abrazaban varias preguntas invadieron su mente.

- Vamos a otro lugar, le sugirió el anciano.

- ¿Cómo sabe de la rosa? ¿Me miraba a escondidas? ¿Por qué hace esto? ¿No le importaba mi angustia?, le reclamaba separándose del viejo y descargando su rabia sin darle tiempo a responder.

- Responderé a tus preguntas, pero vamos a otro lugar.

- No iré a ningún lado.

- Has decidido aliarte ahora con el ego y con la rabia.

- ¿Por qué se fue?, le preguntó la muchacha mientras comenzó a dar los primeros pasos para salir del lugar e internarse en un espacio un poco oculto cerca del escenario.

- Nunca me fui.

- Es cierto, nunca se fue porque su sabiduría y su amor los guardé en mi interior; pero no vi más su imagen, lo extrañé hasta estos instantes.

- A los seres humanos les gusta mirar fuera de su ser sin primero mirar dentro. Mi sabiduría y mi amor se mantuvieron en tu interior, porque vivo precisamente en tu interior.

La afirmación hizo que Blanca pensara que este hombre estaba definitivamente loco o que trataba de enseñarle algo a través de simbolismos y palabras salidas de un laberinto.

- ¿Cómo que vive en mi interior?

- Todos tenemos un yo interior. ¿Recuerdas? Una sabiduría interior. Si no hubiera tomado este cuerpo jamás me hubieras escuchado, porque como muchos, estabas comenzando a creer más en el mundo exterior que en ti misma. Estaba comenzando a importarte más la opinión de los demás que la tuya propia, tu niña interior estaba castigada por el adulto que pretendía imponer una responsabilidad equivocada, un supuesto equilibrio, estabas perdiendo la iniciativa y dejando de amarte, creyendo que eras incapaz de lograr lo que verdaderamente deseabas hacer en la vida.

Blanca quedó anonadada y por unos minutos Vittorio respetó su meditación. Las circunstancias eran pruebas de lo escuchado, nunca le prestó el dinero para la compra del piano y el violín, nunca pagó en la cafetería, no apareció en la lista de abogados, porque no vivía en el mundo material. Una fuerza desconocida por Blanca la llevó a la maestra de piano y canto, al maestro de violín, a la niña Patricia, a su sueños. Vittorio podía lograr todo eso porque vivía en el Espíritu.

- Una vez más me he quedado sin palabras.

- No es necesario, yo sé exactamente lo que piensas y lo que sientes, no olvides que yo vivo en tu interior. Continúa amando la maravilla de tu ser, continúa amando a la humanidad y trabaja para el amor y con amor.

- ¿Entonces usted soy yo?, preguntaba Blanca mirando fijo a un punto como si todavía no estuviera incorporada a la conversación y se mantuviera pensando en la sorpresa que su consejero acababa de darle. El era su voz interior.

- Sí, Blanca.

- Vittorio, mi yo interior.

- Escribe un libro donde narres tu experiencia en la búsqueda de tu sueño.

- ¿Escribir?

- Recuerda que no estás sola, dialogarás conmigo día y noche, incluso durante tus sueños. Si alguna circunstancia te parece adversa no la juzgues, agradece, porque está ahí para enseñarte y brindarte una oportunidad. Mírate en el espejo cada mañana, en su reflejo me encontrarás, amarás la imagen y crecerás.

- Te amo Vittorio, eres un gran amigo.

- Amas a tu yo interior y ése es tu mejor amigo.

- ¿Eres mi subconsciente?

Por un momento, sin esperar respuesta, Blanca cerró los ojos para respirar profundo y con el llamado de Armando despertó, miró a su lado antes de mirar al hombre, y sobre la butaca donde habían tomado asiento no había nadie.

- Disculpe Blanca, no pudimos encontrar a nadie con esa descripción. O mejor dicho, encontramos a varias personas parecidas; pero ninguna se llamaba Vittorio.

- No importa Armando, ya sé a dónde fue, le contestó sin despegar la mirada sobre el vacío a su izquierda.

- ¿Lo vio? ¿A dónde fue?

- A escribir un libro para la humanidad.

37

La casualidad no existe, existe la "causalidad".

Tus pensamientos generan efectos correspondientes en tus sentimientos, tus sentimientos generan efectos correspondientes en tus emociones y tus emociones determinan tu forma de vida.

Impregna en tus pensamientos la imagen con que quieras vestir tu vida.

El sol estaba en medio del cielo cuando ella salió a estudiar.....................

Y así comenzó su libro al cual le llamó: "VITTORIO MI YO INTERIOR"